Résistance 2050

Amanda Sthers
Aurélie Jean

Résistance 2050

Roman

Éditions de L'Observatoire

ISBN : 979-10-329-2399-3
Dépôt légal : 2023, avril

170 *bis* boulevard du Montparnasse, 75014 Paris

Prologue

18 mai 2050

La force arrive avec la nuit. Des percées de lumière douce strient le ciel puis elle échange avec la population en silence. Les gens comprennent ce qui arrive, non pas avec leur bon sens ni même par déduction, mais d'une façon télépathique. Cela n'a rien à voir avec les informations que certains connectés sont habitués à recevoir directement dans le cerveau par le biais de leurs puces. Ce n'est pas une attaque non plus, ça ressemble à une sorte de main tendue qu'on traduirait par : « Nous venons en paix. Laissez-vous faire. » Telle une injonction douce mais ferme, sans mot prononcé, sans arme, sans moyen de savoir par quel miracle elle arrive en l'âme de chacun ni comment elle touche au plus profond des êtres et s'installe dans une part jusqu'alors inconnue d'eux-mêmes.

Puis, la technologie portée depuis presque vingt ans par des milliards d'êtres humains à travers le globe est débranchée. Il ne reste que des hommes hagards, sans sagesse ni maturité, sans jouets, sans armes, sans voix. Ils se sentent nus comme au jour de la naissance de l'humanité et celui du Jugement dernier, ignorant de quel côté ils vont basculer.

Après quelques minutes, la charge intuitive s'arrête pour les laisser prendre conscience de ce qui se passe. Par endroits, en une fraction de seconde, comme s'il ne s'agissait pas de descendre mais plutôt d'apparaître, cette troisième intelligence se matérialise. Les enfants pleurent, certains courent. Les hommes poussent des cris aigus de peur ou des râles plus graves, tentatives ancestrales d'intimidation. Les femmes essayent de protéger leurs petits mais la panique gagne. Des trains déraillent, des avions se perdent dans le ciel. Sans système de navigation, les véhicules autonomes deviennent des armes en liberté qui foncent dans des murs ou s'arrêtent net dans les rues chaotiques inexploitables et désordonnées. C'est la fin du monde tel qu'on l'a connu. Ils ne sont plus seuls et ils ne semblent plus grand-chose. Comment survit-on à plus fort que soi ? Quelles sont les intentions de cette troisième force ? Les deux premières n'ont désormais plus d'autre choix que de redevenir UNE, une humanité unie à nouveau. Est-ce possible ? Le monde est plus morcelé que jamais et les deux mois qui ont précédé cette annonce ressemblaient à ceux qui préparent à une guerre mondiale.

J-60

19 mars 2050

Si les livres d'école existaient encore et qu'on devait raconter cette tranche d'histoire, on commencerait probablement par l'évocation d'un simple fait divers qui avait dégénéré : « l'affaire Elena », la naissance d'une simple vague sur une mer déjà agitée qui en deux mois allait tout emporter sur son passage.

En ce 19 mars 2050, Elena fait les gros titres des journaux de la zone libre qui fustige l'absence de choix possible. Toute personne non équipée d'une puce cérébrale est inadaptée à la vie sociale du pays. Chaque événement qui le souligne est le point de départ de dynamiques révolutionnaires. Elena et sa famille vivent dans ce que les gens réfractaires à la puce nomment la *zone libre* mais que l'État français qualifie de *zone blanche* : une partie du pays en sécession avec le reste de la France qui inclut la majeure partie du sud du pays, la Bretagne et quelques petits foyers identifiés moins organisés. La scission est née du refus d'une partie de la population de s'équiper d'une puce cérébrale malgré ses nombreuses vertus sanitaires dont le contrôle de maladies neurodégénératives, et sa capacité à augmenter sensiblement intelligence et perception.

À ce jour, presque chaque être humain sur la planète s'est posé la question d'implanter une puce dans son cerveau et celui de ses enfants. Selon sa réponse, il rejoint des mouvements idéologiques et migratoires. Jamais une invention n'a eu le pouvoir de diviser si clairement l'humanité en deux. L'information « Elena » avait été envoyée directement aux synapses des équipés. Cette anecdote mineure s'accompagnait d'une alerte car des mouvements de foule anormaux étaient signalés et on craignait une révolte d'ampleur. Le gouvernement recommandait aux frontaliers de se tenir sur leurs gardes. On y scandait le prénom d'Elena comme un cri révolutionnaire. Pour la troisième fois depuis la veille, encore amaigrie et fatiguée, cette adolescente sétoise racontait son histoire sur une scène de fortune, devant une foule agitée : non pucée, elle avait été gardée prisonnière suite à une série d'erreurs alors qu'elle se rendait à Paris pour voir sa grand-mère qui, malgré les réticences de la famille entière envers l'implant cérébral, y avait cédé pour rectifier son Alzheimer. Désormais guérie, elle vivait à Paris et ils se relayaient pour lui rendre visite. Elena avait été arrêtée aux portes de la capitale, scannée par la police sanitaire et identifiée comme porteuse du virus de la grippe. En accord avec la loi, la jeune fille avait été immédiatement placée en quarantaine sans que cela ne soit signalé à ses parents. En effet, son identité n'avait pas été détectée par le système de reconnaissance faciale automatique aujourd'hui déployé partout en zone équipée. Elena, anonyme dans les bases de données du pouvoir central, avait été traitée comme telle. Pendant deux semaines, ses parents l'avaient cherchée en vain. Ils l'avaient crue morte. L'adolescente était isolée dans une de ces bulles stériles qu'on supporte bien quand une puce envoie des impulsions qui calment le système nerveux et rationalisent l'enfermement ; mais dépourvue d'implant et de nature angoissée, Elena s'était retrouvée engeôlée, sans comprendre, fiévreuse et hurlant de peur. Elle n'avait été libérée qu'une fois la grippe passée, traumatisée. Ses parents avaient porté plainte contre l'État français par le biais de Me Blunt, un avocat qui travaillait avec une communicante brillante – ensemble, ils faisaient leur fonds de commerce de la tension entre les deux parties du pays. Blunt hurlait sur scène près de la jeune Elena tremblante : les Parisiens venaient chez eux comme on s'encanaille, pour voir vivre les « sauvages », sans puces, capables d'excès en tout genre ou se faisaient désactiver pour un week-end d'enterrement de vie de garçon. Désormais, puisque l'État français systématisait l'impossibilité de vivre déconnecté en zone libre, les équipés feraient la même chose, ils étaient deux mondes différents et leur frontière gardée serait infranchissable pour qui ne partageait pas leur point de vue sur la liberté !

Timide, entre les cris de Me Blunt, la jeune fille répétait les mots sur lesquels on lui avait demandé d'insister et cela fonctionnait. Des hordes de gens en colère s'organisaient pour bloquer l'accès aux pucés. L'État français avait menacé d'envoyer plus de troupes mais on craignait l'escalade. La Bretagne, bien que moins organisée que le Sud, était sous tension, la situation pouvait dégénérer et les régions risquaient de demander leur indépendance officielle. C'était exclu. Les zones côtières bretonnes et le port de Marseille permettaient le transit d'une grande partie des matières premières, il fallait trouver un moyen d'apaisement.

J-58

21 mars 2050

Les tensions entre les deux parties de la France sont incarnées par deux visages de femmes qui ont rendez-vous à l'aube dans un lieu tenu secret, Chloé Lénor et Oona Fourcade.

La gare de Lyon-Part-Dieu est surveillée par une trentaine d'agents armés du ministère de la Défense. Chloé avance dans le hall froid, entourée de gardes du corps. Son cœur bat trop vite, la puce implantée dans son cerveau a du mal à en calmer les accélérations. La dernière fois que Chloé et Oona se sont vues, elles se sont fait des promesses que la vie les a empêchées de tenir. Comment ne pas y penser ce matin ? Un graffiti de Guignol est resté sur un mur, cela fait sourire Chloé, elle avait peur des marionnettes enfant et en mesurait l'ironie, elle à qui on reprochait de manipuler les êtres humains à sa guise. Chloé attend, elle ne se sent pas à sa place, elle est une scientifique, pas une diplomate. Le président de la République a insisté pour qu'elle honore ce rendez-vous avec Oona Fourcade. « Il paraît que vous vous connaissez bien », lui avait-il dit. « On m'a même dit très bien », avait-il renchéri, fier de son effet. Les puces ne guérissaient pas de la grivoiserie ni d'une certaine vulgarité. Chloé avait balayé les sous-entendus en une phrase mais elle avait certainement accepté cette mission de conciliation pour revoir Oona plus que pour le bien de la France. Elle s'était imaginé leurs retrouvailles tant de fois, dans les cafés bondés aux cris joyeux de la cité phocéenne mais certainement pas en mission gouvernementale. Chloé incline légèrement la tête comme pour mieux apercevoir le train archaïque dans lequel Oona arrive en gare avec le lever du soleil. Elle se ressaisit, chasse ses pensées intimes. Sa puce lui assène des listes de pensées tangibles ; elle n'est pas là pour revoir Oona mais ce qu'elle représente. Chaque geste, chaque mot va compter. Comme on dessine une formule mathématique, elle transforme la complexité des relations humaines en une chose rationnelle.

Oona descend du wagon. L'air semble plus pur ici, tout est moderne, automatisé, lumineux. Les militaires l'ont escortée avant le lever du jour depuis un petit village de l'Ardèche désormais sur la frontière entre les deux parties de la France, ils sont montés dans ce vieux train pour la dernière section. La zone marseillaise ne pouvait plus utiliser les TGV abandonnés depuis près de vingt ans par les régions équipées. Les déconnectés n'ont pas les moyens d'entretenir les rails, aujourd'hui dans un état insalubre. Deux femmes et trois hommes gardes de la résistance, flanqués d'un même brassard bleu qui symbolise la confiance et la liberté, accompagnent Oona. Ils sont tous scannés avant d'arriver jusqu'à Chloé.

Elles ont rêvé de cette scène cent fois. Après dix années sans se voir ni se parler, elles se serrent la main. Chloé est belle, grande, élancée, les cheveux blond vénitien au carré, elle a perdu du poids depuis qu'elle est équipée car sa puce la guide vers des aliments bons pour sa santé et elle ne fait jamais d'excès. Comme tous les Français pucés, son indice de masse corporelle est stable, ce qui protège son système cardio-vasculaire. Elle porte une tenue noire, sobre et élégante. Tout en elle semble contenu. Certains des cheveux tressés d'Oona s'échappent de son chignon. Elle est habillée d'un pantalon de lin léger et d'une chemise blanche, sa peau est brunie par le soleil qui la brûle chaque matin sur la plage des Catalans où elle va nager. Oona danse encore dès qu'elle peut mais son corps n'est plus aussi dessiné qu'à l'époque. Son charme, lui, est intact comme la façon féline qu'elle a de se déplacer. Ses grands yeux noirs croisent le regard acier de Chloé, la morsure du désir est encore là. Deux fauteuils club et une table basse ont été installés au bout du quai en guise de salon provisoire. Les deux femmes s'asseyent, conscientes de l'absurdité de la situation, et ne peuvent réfréner un sourire. Les militaires et les gardes font quelques pas en arrière pour les laisser discuter. Oona ne veut rien laisser paraître de son trouble mais il est palpable, le souvenir de Chloé ne l'a jamais quittée. Elle prend une longue inspiration et s'autorise le registre de l'intime :

— Tu t'es coupé les cheveux.

Chloé hoche la tête et baisse les yeux ; quand elle regarde Oona trop longtemps, elle rougit un instant, avant que cela ne soit régulé par le système artificiel de contrôle d'adrénaline intégré à son cerveau. Se pourrait-il qu'elles ressentent la même chose ? Malgré la puce qui calme ses élans, son émotion, freine son rythme cardiaque, Chloé a peur que le simple fait de savoir qu'elle a porté de l'amour à Oona suffise à l'influencer, alors elle entre dans le vif du sujet. Elles ont peu de temps. Elles doivent trouver une issue à cette situation que l'affaire « Elena » a rendue explosive. Neuf concitoyens sur cent vivent en zone déconnectée. Un décalage technologique, scientifique, médical, économique et social s'est installé et ne cesse d'accélérer. Chloé suggère de trouver une solution qui satisfasse tout le monde. Il faut crever l'abcès, parler des points essentiels pour aller vers un consensus. Les mots de Chloé sont choisis, pesés.

— Bravo, tu es devenue une vraie femme politique, tu as bien appris ton texte. Ou plutôt, on te l'a bien rentré dans le cerveau. Vous êtes combien d'auteurs à me parler à travers tes phrases ?

Chloé, qui ne s'attendait pas à une telle virulence, tente de répondre avec douceur.

— Je veux comprendre votre raisonnement qui, contrairement à ce que vous pensez, vous prive de liberté.

Oona lui explique l'absence de tolérance du gouvernement central. Que certains citoyens ne veuillent pas d'une puce dans le cerveau ne devrait pas être sujet à débat. De plus, des rumeurs circulent : l'État essaie de pucer sa population de force. Il semblerait que des SDF aient été équipés malgré eux. Une fois la puce implantée, alors une chose en eux se résigne, se réjouit même puisque leur libre arbitre est sous influence. Légalement, cela s'apparente à un viol. Chloé balaie cela d'un revers de main. Encore un coup de Me Blunt qui n'avait qu'un témoin à moitié fou et peu crédible. Chloé n'est pas aux commandes mais ne peut pas croire que ce soit possible. La France est un État de droit et la VIe République ne pourrait tolérer cela. Si le gouvernement avait voulu écraser les rebelles, il l'aurait fait depuis longtemps. Chloé croit bon de rappeler qu'elle n'est pas politicienne mais chercheuse et qu'elle ne travaille pour personne d'autre que le progrès.

— Vous êtes en prison ! Raisonnés par des algorithmes, programmés pour aimer de telle façon, baiser de telle manière, c'est vous les marionnettes, Chloé. De quoi êtes-vous libres ?

— Libres de ne plus voir nos proches amoindris chaque jour un peu plus à cause d'une maladie qui dévore leur mémoire. Libres de ne plus souffrir de syndromes jusqu'alors incurables. Libres des sentiments destructeurs qui nous enferment dans des relations souvent toxiques. Libres des antidépresseurs que vous consommez, encore enfermés dans des cercles vicieux. Libres des discriminations raciales, sexistes ou sociales. Libres de vivre en paix, heureux et en bonne santé, tout simplement. Je comprends tes réticences mais fais un pas vers moi, le monde n'est pas manichéen.

Oona trouve Chloé sans relief, incapable d'empathie, elle se demande où est passée la femme de leur première rencontre.

C'était en mai 2035. Oona dirigeait le Ballet national de Marseille et avait chorégraphié un spectacle sur l'oubli et sur la perte de l'amour. Aspirée dans un tourbillon depuis le Nobel qu'elle avait obtenu avec son mari un mois plus tôt, la vie entière de Chloé avait changé. Ash réagissait différemment, il avait toujours imaginé que l'excellence était inscrite dans son destin et s'étonnait de l'incapacité de sa femme à recevoir les honneurs. Chloé avait voulu guérir son père et à travers cette impulsion de vie, elle avait *a priori* sauvé le monde d'une maladie et peut-être plus. Ce trop-plein d'émotions, de responsabilités la submergeait. Alors qu'elle regardait le ballet chorégraphié par Oona, des larmes avaient roulé sur ses joues, c'était sa première respiration, son seul moment de recul depuis des mois, soudain elle était spectatrice et non plus actrice. Oona était assise près d'elle et avait tourné son visage vers le sien. Elles se rencontraient pour la première fois mais elle lui avait tendu la main. Chloé l'avait prise. Il n'y avait rien de sexuel dans cet élan, c'était une forme d'amour pur. Avec ce geste, elle l'autorisait à être elle-même, à exprimer ses contradictions ; elle s'était sentie comprise comme jamais auparavant. Après les applaudissements, les discours, les mains serrées, elles s'étaient retrouvées toutes les deux dans Marseille en habit de nuit. Oona l'avait emmenée dans un bar sur un toit. Elles avaient parlé des heures, c'était fluide et joyeux. Puis, débarrassées de leurs talons, elles avaient dansé toute la nuit. L'aube à peine levée, les deux jeunes femmes avaient laissé leurs vêtements sur une petite plage pour se baigner nues. La Méditerranée était chaude. Quand Oona l'avait serrée contre elle, Chloé s'était laissé faire. Elle avait senti sa poitrine contre la sienne, c'était la première fois. Elles avaient échangé un baiser puis un autre. Quelques heures après, Chloé se demandait comment sortir des draps de cette femme qui bouleversait sa vie pour annoncer à Ash qu'elle le quittait. Il avait appelé le premier, il pleurait : leur mentor, le père spirituel d'Ash, le professeur Jones, venait de mourir. Chloé l'avait accompagné à San Francisco pour l'enterrement et Marseille s'était éloignée. La vie avait repris son cours mais une partie de son cœur était restée près d'Oona qui aujourd'hui la regardait avec colère, peut-être même avec mépris, et ça la blessait.

— Je pensais que tu allais mêler l'éthique à la science, pas à la loi du plus offrant. Tes motivations de départ étaient belles. J'ai cru en toi.

— Et plus maintenant ? Tu me fais confiance ? Tu as confiance en mon jugement ?

Et comme Oona ne répondait pas, elle osa :

— Tu ne ressens plus rien pour moi ?

— C'est ta puce qui te recommande de me prendre par les sentiments ? Les gens sont manipulés, réduits à une suite d'opérations ordonnées et hiérarchisées pour travailler, se marier, avoir des enfants. Ils sont des disques durs que vous chargez d'informations. Sourire, se réveiller à heure fixe, manger selon un plan calorique et énergétique précis, exécuter sa tâche comme un bon soldat, dopé aux endorphines que la puce crée artificiellement et qui fait croire au bonheur. Faire du sport, se dépasser – sans se blesser –, ne pas avoir froid, ne pas se fâcher, ne pas se donner à la mauvaise personne, ne pas faire d'erreur, ne plus être un putain d'être humain ! Vous avez tué l'art. Ton peuple ne crée rien ! Ça ne t'affole pas ? Ça ne te semble pas le symptôme évident d'une société malade ?

— Comment peux-tu parler de « mon peuple » ? C'est le même peuple, Oona, la même humanité.

— Nous sommes des gens libres, des artistes, des amoureux, nous souffrons, nous pleurons, nous chantons sous la pluie. Et vous êtes des moutons. Alors il y a bien mon peuple et le tien.

— Tu réduis cette technologie à une interprétation sur son usage et ses effets. La puce infuse l'ordre social, le bonheur, la paix. J'ai sauvé mon père grâce à cette puce ! Ash et moi avons reçu des dizaines de milliers de lettres de remerciements.

— J'imagine que la puce te convainc aussi chaque jour que tu es toujours amoureuse d'Ash ?

Chloé l'interrompt, plus sèchement cette fois :

— Je ne suis pas là pour parler de mon couple mais de la fracture qui a divisé notre société qui gagnerait à ne faire qu'une, comme avant.

— Avant… avant quoi ? Tu dors bien la nuit ? T'as une fonction tisane ? Parce que votre puce à ton mari et toi est responsable de la scission de l'humanité.

— Nous avons aussi permis de guérir des milliers de maladies, de douleurs, et fait progresser tant d'êtres.

— En surveillant massivement la population et en manipulant son opinion et ses comportements. Je croyais te connaître mais je ne sais plus rien. Je ne crois plus en rien. Et tu n'es plus seulement toi, tu es toi et toutes les émotions que tu trimballes ou que tu ne trimballes plus, les règles qui te freinent, te dictent tes mots.

Lorsque Chloé réplique qu'elle se bat pour l'encadrement de l'usage de sa technologie, Oona, excédée, ne la laisse pas finir sa phrase. À ses yeux, la régulation est sans espoir, elle marche un temps mais finit par s'évaporer au profit du bénéfice économique d'une poignée. Elle a en partie raison. Cela avait commencé vingt ans plus tôt avec la Chine. Et tous les États les uns après les autres gagnèrent la bataille des données. Les régulations qui devaient protéger les utilisateurs furent abandonnées, les États-Unis d'abord et l'Europe ensuite abdiquèrent pour effacer des années de protection pourtant révolutionnaires. Chloé en a conscience et pense que les choses sont réversibles. Alors qu'elle exprime le fait qu'elles sont dans un État de droit avec une voix à porter, Oona soupire et l'interrompt d'un geste de la main. Aux dernières présidentielles, on avait voté électroniquement *via* sa puce ou, si on n'était pas équipé comme Oona, à l'aide de son téléphone portable, mais il avait été prouvé depuis que le réseau avait été piraté pour décomptabiliser une partie des votes de la zone libre et tous considéraient désormais que c'était une mascarade de démocratie. Malgré ses efforts, le gouvernement ne parvenait pas à les faire changer d'avis. Quelle était la solution ? Revenir en arrière ? Enlever la puce à tout le monde ? C'était impossible. Ce serait une régression sociale. La puce avait supprimé les écoles, aujourd'hui remplacées par cet équipement miracle, la plupart des maladies avaient disparu pour toujours, il n'y avait plus de subventions religieuses car la foi avait disparu au profit d'une rationalité pointue. Les pucés rechignaient à payer pour un peuple qu'ils considéraient comme dépassé et qui ne produisait que des biens désormais secondaires. La population du Sud était trop dense, le réchauffement climatique avait rendu la vie compliquée et l'eau était hors de prix. Deux visions du monde s'affrontaient, dans la première une sécurité, l'inclusion sociale, une élévation des moyens intellectuels, cognitifs, sanitaires mais avec le risque de ne plus s'appartenir, de vivre sous influence sans pouvoir en prendre conscience, de l'autre une société libre, boiteuse certes, mais humaine. Et le rôle de ces deux femmes était de faire survivre cette humanité, chacune persuadée que la direction qu'elle leur donnait était la bonne, deux façons d'être mères, deux visages de Marianne. Chloé insiste :

— Ton erreur est que tu opposes le progrès aux images religieuses, à la notion d'un dieu en face, à l'idée que tu t'es faite de l'humanité telle qu'elle doit être pour représenter la pureté… Sans la science et les risques qu'elle comporte parfois, nous serions encore à l'âge de pierre, sans aucun progrès, ni médical ni autre… Et des femmes ne seraient pas en train de discuter de l'avenir de la France ! Essaie de voir plus loin, plus grand. Ne regarde pas les choses à travers un prisme négatif. Nous devons trouver une issue. Ensemble. La puce n'est pas le diable incarné mais un outil puissant qui, mal utilisé, peut nuire en effet. Mon combat, notre combat est d'en assurer un bon usage.

— La vie c'est aussi des erreurs, des chagrins, des malheurs, des passions…

— La passion blesse et les erreurs ne servent à rien si on peut les éviter.

— C'est grâce à tes erreurs que tu as pu avancer dans tes recherches scientifiques et obtenir un résultat meilleur. C'est par erreur que tu t'es retrouvée avec moi, que tu m'as embrassée, que j'ai touché ton corps…

Chloé l'interrompt brutalement.

— Arrête.

— T'as peur que tes gardes du corps nous entendent ? Notre conversation est peut-être retransmise en direct dans le bureau du président ? Tu ressens quoi en me voyant aujourd'hui, Chloé ?

— Je suis heureuse de te voir.

— C'est ta puce qui oriente ce jugement et la réponse qui va avec ?

Chloé regarde alors vers les soldats qui la protègent et les gardes d'Oona. Ils leur font dos comme convenu, les Marseillais non pucés fument, alors que la cigarette a disparu de la zone équipée, la plupart discutent, ils ont tous de la famille ou des amis qui vivent de « l'autre côté ». Personne ne fait plus attention à elles,

Chloé se penche alors vers Oona et l'embrasse sur les lèvres. Le jour se lève à peine.

***

Comme chaque jour, Ash est réveillé automatiquement à 6 h 34 par son équipement interne. Sans avoir besoin d'écouter les actualités, il connaît la température et le taux d'allergènes de Paris. Ces informations envoyées directement à sa puce lui font sélectionner les vêtements qui conviendront à sa journée et priorise automatiquement ses rendez-vous. Une espèce de conscience supplémentaire, une « sur-conscience » comme aimait l'appeler l'inventeur de cette optimisation programmée dont sont pourvus la plupart des équipés. Il y a vingt ans, il aurait avalé une part de sa pizza froide de la veille, siroté un café américain trop sucré et réfléchi à moitié endormi devant son placard. Mais aujourd'hui, cette fonction lui donne envie d'un thé vert, d'un œuf dur, de quelques amandes. Ses fringales de sucre ont disparu grâce à une régulation personnalisée de la dopamine pilotée par son cerveau à présent connecté. Ses insomnies ne sont qu'un mauvais souvenir. Sa claustrophobie dans les tunnels elle aussi dissipée autorise sa puce à le diriger vers la station de métro Sèvres-Babylone à cinquante mètres de chez lui dans le VIe arrondissement de Paris. Il est identifié par les outils de reconnaissance faciale situés à l'entrée avant d'être accueilli par un large sourire qui se dessine sur l'un des écrans de la station accompagné d'un message sonore : « Bonjour docteur Stuart, bon voyage. »

Même si ces attentions sont artificielles comme l'algorithme qui les génère, elles font du bien. Ash entre dans une rame aérée. Afin d'éviter les surcharges de voyageurs et d'optimiser le temps, chacun se lève et prend les transports publics à une heure programmée grâce à la synchronisation massive des agendas. Ash le doit à son invention. Il sort à la station Concorde, et pénètre dans la rue Royale. Le soleil tape déjà avec intensité. Le soleil brûle dès les premières heures dans un ciel sans nuage. Ash marche d'un pas rapide le long de la rue du Faubourg-Saint-Honoré dans le VIIIe arrondissement de Paris, en direction du palais de l'Élysée. Le quartier est désert depuis les affrontements de 2036.

En septembre de cette année-là, le pays accélérait la connexion de ses citoyens. Chaque employeur finançait massivement les opérations chirurgicales de ses salariés, on programmait une forte demande pour Noël car c'était le cadeau à la mode et l'État prenait en charge l'équipement de ses fonctionnaires. Une partie de la population se révoltait cependant contre cette dictature de l'efficacité au nom du bien commun et refusait l'opération, une lutte contre la prédétermination qui, selon les révoltés, menait à la perte de l'individu.

Le 14 septembre 2036, le quartier de l'Élysée fut assiégé par des rebelles venus de toute la France. Même les enfants étaient embarqués dans la foule, leurs parents manifestaient pour leur avenir. Un homme tenait son bébé contre lui avec une inscription au feutre sur son crâne nu, *ma propriété*. La plupart marchaient pacifiquement mais certains étaient armés, d'autres se disaient même équipés de bombes. Un parfum de drame flottait sur ce quartier d'ordinaire calme et harmonieux. La colère monta, poussée par les plus révoltés. Juste un peu plus loin, d'autres familles attendaient d'être équipées à l'entrée d'un laboratoire médical converti en service ambulatoire. Deux rues séparaient des visions diamétralement opposées d'un futur idéal. La rage montait. Face au laboratoire, les enfants apeurés pleuraient. Une grand-mère équipée, survivante d'un arrêt cérébral, fut bousculée par des manifestants. La foule dense débordait. Soudain, des hurlements accompagnèrent le bruit de tirs et de corps qui tombaient au sol. Face à un homme qui venait de sortir une arme et de tirer en l'air, la police avait dégainé. Beaucoup espéraient voir couler du sang pour renverser un gouvernement capable de confisquer leurs libertés. Aux premiers coups de feu, ils haranguèrent la foule et l'exhortèrent à se rebeller contre ces policiers assassins. Les forces de l'ordre durent répliquer. Des coups de feu retentirent des deux côtés. Des citoyens s'écroulaient sous les balles. Des jeunes. Des femmes. Puis, un enfant tomba des épaules de son père, touché en plein front. L'image dévastatrice fut retransmise en direct dans les mémoires des équipés et dans les smartphones des déconnectés dont beaucoup étaient en attente de l'implant miracle. Ce jour-là, trois cent douze personnes furent tuées, plus de mille blessées, certains meneurs de troupes enfermés pour incitation à la haine et violence aggravée. Certains évitèrent de purger de longues peines de prison en acceptant de se faire implanter la puce devenue une alternative au bracelet électronique, capable de surveiller les détenus en temps quasi réel. Depuis ce 14 septembre 2036, le pouvoir exécutif avait évacué le périmètre et il fallait un laissez-passer pour entrer dans trois rues autour du palais présidentiel.

Oona était dans la foule ce jour-là, aux côtés de sa troupe de danse de Marseille pour protéger la liberté de créer. Comme de nombreux artistes, elle voyait la puce comme un outil qui, en anesthésiant les sentiments, menaçait l'inspiration. Enfermer l'humanité dans un raisonnement purement analytique freinait l'envie même d'imaginer. Pire, rendre le cerveau imperméable aux émotions négatives allait sans aucun doute détruire notre capacité à inventer. Des algorithmes pouvaient désormais écrire des livres ou des films, mais en avions-nous vraiment besoin ?

Ce jour-là, Oona dut fuir, enjamber des corps ensanglantés sans pouvoir prendre le temps de les aider, échapper à ce qu'on appellerait désormais une « tuerie présidentielle ». De retour à Marseille, trois semaines après l'attaque de la place Beauvau, Oona signa une tribune dans *Le Monde* avec une centaine d'artistes français pour dénoncer la prison technologique des arts. Ce texte fut mal accueilli par la majorité des Français en faveur de la connexion. Ils y voyaient un danger supplémentaire qui menaçait l'accès à un ordre social nécessaire à la survie même du pays. Depuis plus de vingt ans, le paysage médiatique était à la merci de deux groupes de presse puissants. Aussi, à force d'articles et d'informations qui abondaient dans un sens favorable aux avancées technclogiques souvent sans aucun recul scientifique et certainement sans analyse éthique, l'opinion était fortement dirigée en faveur de la puce. Les sociétés avaient intérêt à voir le nombre d'équipés augmenter car cela maintenait une économie prospère et augmentait la productivité. Grâce à cet équipement, les capacités cognitives des individus pucés explosaient. De la lecture rapide et du calcul arithmétique complexe à l'hypermnésie généralisée, le champ des possibles s'élargissait soudain pour tous les Français. Les équipés assimilaient une quantité d'informations gigantesques à des niveaux d'abstraction qui, trente années auparavant, étaient l'apanage d'esprits au quotient intellectuel supérieur. Le principe d'égalité de la République n'avait jamais eu autant de sens. Ce gain d'efficacité avait réduit le temps de travail des Français à vingt heures par semaine. S'ajoutèrent des fonctionnalités de la puce permettant d'éliminer les pensées les plus sombres, les souvenirs désagréables, et la tristesse. Les états d'âme mis de côté, chacun pouvait travailler en paix, sans charge mentale. On atteignait enfin l'égalité des droits entre les hommes et les femmes. Les Français dépensaient massivement pour se faire plaisir et, paradoxalement, l'absence d'insatisfaction avait engendré chez certaines personnes le besoin d'augmenter toujours plus leur dose de plaisir afin d'en apprécier le contraste, comme une sorte d'addiction. L'industrie du divertissement était devenue l'un des poumons de l'économie du pays aux côtés de l'innovation technologique. Les marques l'avaient bien compris et orientaient leurs campagnes commerciales dans ce sens. La déontologie n'étant malheureusement pas la première préoccupation de la plupart des acteurs du capitalisme, on ne cessait la surenchère, les films de cinéma glorifiaient la puce, montraient toujours le bon côté des choses, on subventionnait massivement tout ce qui en faisait la promotion. Dans les théâtres, on créait des spectacles interactifs dont une partie de la mise en scène était retransmise à travers la puce cérébrale, parfois même modifiée en fonction de la préférence du spectateur. Peu à peu, les non-équipés furent mis au ban de la société. Les artistes et les intellectuels qui refusaient la puce eurent de plus en plus de mal à exposer et défendre leur vision du monde. Soumis à l'homogénéisation guidée par la quête du profit sans concession, on les privait de l'essence même de leur vocation. L'art se « partageait » entre pucés, le métavers uniquement accessible *via* les interfaces cérébrales le rendait inaccessible aux non-équipés. Les chagrins d'amour n'existaient plus grâce aux algorithmes avancés qui calculaient avec précision les chances de rencontrer son âme sœur, aussi peu à peu les drames romantiques s'évaporèrent, et avec eux le thème majeur de la création. Les films sur la vie étudiante disparurent doucement avec le lycée lui-même. Pourquoi étudier collectivement pendant des années alors qu'un implant pouvait vous faire assimiler l'intégralité d'une bibliothèque et les chaînons de raisonnement sans faille ? Enfin, les tensions dans les familles pouvaient être contenues par l'activation de l'option présentée sous le nom d'« Harmonie » qui permettait que des puces entre elles accordent leurs sujets et les émotions de leurs porteurs pour éviter toute dispute. Les films sur les réunions de Noël qui tournent mal ou les explosions de sentiments eurent vite l'air daté. Beaucoup de créatifs s'expatrièrent alors vers des pays comme l'Italie ou la Grèce qui se positionnèrent contre la puce suite aux déclarations du pape, d'autres partirent dans le Sud de la France où l'on murmurait qu'une autre société s'organisait, une forme de résistance. Alors que les équipés voyaient leur futur s'allonger, les autres se retrouvèrent enfermés dans un présent aux possibilités réduites. Des lieux d'expression artistique ouvrirent dans le Sud de la France, avec les moyens du bord. Oona ne voyait pas d'alternative pacifique et rationnelle à ce débat où la loi du plus fort était appliquée. La surveillance massive de l'État installée, la démocratie s'effaçait un peu plus à chaque nouveau citoyen qui acceptait l'implantation cérébrale.

Au printemps 2037, Oona et une partie des créatifs engagés toujours traumatisés par l'attaque du 14 septembre initièrent un mouvement pour contrebalancer le pouvoir du gouvernement. La cité phocéenne était devenue l'incarnation de la rébellion avec à sa tête la chorégraphe mondialement connue, Oona Fourcade. S'il s'agissait au départ de donner un autre point de vue, comme il y a plusieurs partis politiques, peu à peu une guerre idéologique s'était mise en place. La mairie de Marseille en accord avec plusieurs villes alentour avait organisé des élections et ce conglomérat de dix villes et villages s'était autoproclamé « région indépendante » régie par un triumvirat, héritage de la magistrature de la Rome antique, jadis dirigée par trois hommes, un partage du pouvoir qui semblait correspondre à ce que ce trio voulait représenter, une image de la collectivité, sans mise en avant, avec le besoin de se consulter, de débattre avant la moindre prise de décision même si chacun avait son point fort.

Milo était le plus âgé d'entre eux et il avait grandi dans un monde politisé, son grand-père avait été maire de La Ciotat, sa vie avait toujours été associative et c'était un combattant pour la justice sociale à l'ancienne ; il gérait une grande partie des problèmes pratiques de la ville, des conséquences du dérèglement climatique et des rapports pratiques avec le gouvernement.

Mourad était une figure de son quartier, star d'un stand-up engagé qui avait su provoquer des débats d'idées à travers le rire ; il venait de finir un double cursus de droit et de philosophie quand il s'était senti appelé par un besoin de défendre ce qu'il considérait comme un danger pour l'humanité entière. Mourad tentait de se battre avec des moyens légaux et convoquait l'éthique là où on en manquait cruellement.

Enfin, Oona se concentrait sur la communication et les relations internationales, elle était la porte-parole et, malgré elle, l'image de cette rébellion marseillaise.

Ash admirait la ténacité d'Oona Fourcade et il était assez excité à l'idée d'avoir des contradicteurs. Cette « résistance » était en fait la meilleure des publicités pour leur puce. Il voyait ce triumvirat comme une bande de pouilleux incapables de comprendre la puissance de la technologie et des avancées médicales. Il ne comprenait pas l'empathie qu'éprouvait Chloé à leur égard et il se demandait pourquoi le président avait insisté pour qu'elle aille parler avec cette chorégraphe improvisée femme politique. Il savait que les deux femmes s'étaient rencontrées mais ignorait tout du lien qui les unissait. Ash ne pensait qu'au risque que sa femme avait de faiblir, lui qui n'admirait que la force. Il avait hâte de savoir comment les choses s'étaient passées.

Ash arrive enfin devant les portes du palais de l'Élysée. Après avoir traversé la première ligne de gardes, il est passé au scanner. Depuis de nombreuses années déjà, les forces de l'ordre analysent les équipés de manière continue dans les lieux publics et dans les institutions de la République. La catastrophe du 14 septembre avait été instrumentalisée pour convaincre les Français de laisser l'État entrer dans leur vie privée. Certains, en zone libre, défendaient l'idée selon laquelle l'État français aurait piraté les puces de ses citoyens pour les convaincre. Le libre arbitre existait-il encore ? Dès que la pensée d'un équipé est assimilée à l'intention de commettre une attaque terroriste, son identité est automatiquement signalée à la police qui l'arrête avant même que le crime ne soit commis. Depuis dix ans, aucune attaque n'a eu lieu en zone équipée. Quelques-unes ont été évitées, elles provenaient de rebelles de la zone libre « déconnectés donc imprévisibles », selon les mots du ministre de l'Intérieur. Ash a gardé au poignet la vieille Bulova de son père, gravée au dos de ses initiales identiques aux siennes, *A. S.* Il l'avait lui-même reçue de ses parents le jour de l'obtention de son diplôme de médecine et le docteur Aaron Stuart l'avait offerte à son tour à son fils le jour de sa soutenance de thèse en 2009. Ash est très attaché à sa montre qui lui rappelle ses origines, le Maine, l'extrême nord-est des États-Unis d'Amérique. Le temps défile, il a déjà perdu au moins sept bonnes minutes. Il se détend, cesse de taper du pied, prend une grande respiration et laisse la garde faire son travail. Ash Stuart, Prix Nobel, déifié pour ses inventions, regarde avec plaisir l'effet qu'il fait au personnel de l'Élysée, impressionné.

Ash est impatient de parler au président, ces deux derniers jours il a travaillé sans interruption sur une nouvelle version de la puce qui permettrait de ressusciter des moments du passé en reproduisant les mêmes sensations physiques. Comme l'accélération des battements du cœur, les papillons dans le ventre, la dilatation des pupilles ou la chair de poule. Pourquoi ne pas revivre avec réalisme un de ses anniversaires d'enfant, un coup de foudre, une demande en mariage ou encore pour lui l'annonce de son prix Nobel ? Se faire un shoot de dopamine. Alors que certains inventeurs cherchaient à créer des métavers capables de reproduire et simuler chaque décor et chaque personnage d'un souvenir, Ash travaillait à les incarner physiologiquement par le biais de la puce. Pour lui, expérimenter ces bouts de vie en boucle permettait de profiter concrètement de la nostalgie des souvenirs et d'entretenir les sentiments. Ash aime l'idée de maîtriser son destin, ses rencontres, ses moments de vie. Chloé lui reproche souvent cette obsession du contrôle. C'est dans cette recherche perpétuelle que leur envie d'enfant est devenue un objectif dictatorial. Ne pas y arriver lui est impensable. Ces dernières années, Ash et Chloé, dont la complémentarité et les sensibilités différentes avaient permis de créer avec génie, se retrouvaient à un stade de leur vie personnelle où elle les bloquait. L'émulation au laboratoire devenait une dispute dans la chambre à coucher. Leur façon d'appréhender le monde les séparait chaque jour un peu plus. Selon Chloé, l'imprévu dessinait la beauté d'une journée alors que pour Ash, il abîmait le bonheur.

Le président arrive souriant et sa poignée de main est chaleureuse. Amis de longue date, ils s'appellent par leurs prénoms. Ash doit se remémorer son statut pour garder la bonne distance. Le président est réunionnais. En situation d'échec scolaire car il n'avait pas été détecté comme enfant précoce et s'ennuyait à l'école, Grégoire Horeau était loin d'avoir eu une trajectoire classique. Au collège, en quatrième, pour lutter contre un système qu'il trouvait vétuste et une compétitivité construite de manière à casser les façons originales de penser, il s'était présenté comme délégué de classe puis de tous les élèves du lycée. Son charisme lui avait valu de remporter chaque année les élections haut la main. Il n'avait pas peur de prendre la parole en public ni d'exprimer son désaccord avec les adultes, ça le stimulait même. Sa mère travaillait dans une usine de canne à sucre, épuisée après ses longues journées, elle dormait souvent près de son travail chez sa sœur. Grégoire se retrouvait alors seul à gérer ses frères et sœurs. Leur père les avait abandonnés. Grégoire nourrissait les petits, les aidait pour leurs devoirs. La nuit tombée, il organisait les plus grosses fêtes de l'île, n'hésitant pas à prendre le micro pour rapper. Des années après, ses détracteurs avaient fait circuler les vidéos qui n'avaient eu pour effet que d'augmenter sa popularité. Quand l'usine de sa mère avait fermé, sans raison, Grégoire n'avait que dix-sept ans, il était pourtant devenu le porte-parole d'un mouvement de syndiqués et on l'avait vu sur toutes les chaînes d'information tenir tête au président en visite lors de sa campagne de réélection. Personne ne pouvait imaginer que trois années plus tard, il serait le plus jeune député de sa circonscription puis prendrait la tête du parti politique de centre gauche et, deux quinquennats plus tard, la tête du pays. Personne, sauf une voix au fond de lui et un jeune Américain nommé Ash venu avec sa planche défier les vagues de la Réunion et avec lequel l'amitié semblait une évidence. Le parcours de Grégoire inspirait Ash et les diplômes du futur Prix Nobel impressionnaient le président en devenir. Les deux surfeurs de l'époque s'étaient reconnus comme les chefs de clan dans le règne animal. Depuis, ils avaient transformé une partie du monde et en avaient conscience, mais gardaient toujours du recul quand ils étaient ensemble, même dans leurs costumes bien taillés et sous leur ton solennel ce matin.

— Comme tu le sais, nous avons multiplié par quatre le budget des ministères de la Médecine et de la Défense. La conjoncture actuelle nous l'impose. (Le président arrête Ash qui s'apprête à ouvrir son dossier.) Ce n'est pas de tes découvertes que je veux te parler ce matin. Ta puce a été le moyen de sortir de l'humiliation scientifique et technologique que nous subissions. Depuis Pompidou, aucun président n'avait eu de vision pour notre nation. Pendant des années, nous avons généreusement formé des dizaines de milliers de talents qui sont partis de l'autre côté de l'Atlantique sans jamais revenir. Ton invention a fait grandir notre nation, elle l'a sortie de l'ombre des géants. Je vous ai fait confiance, à toi et à Chloé. Grâce à votre puce honorée d'un prix Nobel, nous sommes aujourd'hui l'un des trois leaders mondiaux en nouvelles technologies et en médecine. C'est pourquoi je veux que tu deviennes mon prochain ministre de la Santé, Ash. Je sais que le nouveau gouvernement vient d'être formé mais Hervé Louis va démissionner dans quelques heures, je veux que tu le remplaces.

Le président est exalté et l'encourage à utiliser ce ministère pour concrétiser les prochaines révolutions scientifiques, pour préparer le peuple français à une nouvelle ère. Il espère qu'Ash mènera la France vers son objectif le plus ambitieux : une connexion entière et intégrale. Ce serait à ses yeux l'unique moyen de combattre la maladie, la vieillesse et la solitude mentale qui va avec. C'est aussi une voie puissante pour donner à chaque Français les capacités intellectuelles qu'il mérite et atteindre les mêmes chances de réussir pour tout le monde. Il semblait absurde de continuer à financer une Sécurité sociale qui répare alors qu'ils avaient trouvé un moyen de prévenir. Le ministre qui lui avait collé sa démission ce matin à la suite d'un voyage en

Asie avait un certain âge et une vision obtuse. Le président avait de moins en moins de tolérance pour ceux qui dénigraient la science et encore moins pour ceux qui résistaient à l'implant, ne voulant pas s'aliéner une partie du peuple qui refuse le progrès. Il demande à Ash de trouver des moyens d'éduquer les gens, de les guider vers le progrès. La génération d'enfants de non-pucés qui arrive doit trouver ses parents archaïques et rejoindre leur vision du futur.

Grégoire Horeau veut trouver un moyen de faire plier les zones que les dissidents appellent « zones libres » mais que l'État a surnommées « zones blanches ». Ce terme, qui avait été introduit dans les années 2000 pour définir les endroits dépourvus de réseau internet, avait été repris par le gouvernement pour évoquer les territoires des rebelles. Sous l'égide d'Ash, le ministère de la Santé retrouverait de l'éclat, il ne s'agit pas de forcer mais de convaincre. Le président est passionné :

— Je ne comprends pas que des gens souffrent encore d'Alzheimer dans la zone blanche, alors que nous pourrions les sauver. Les superstitions et les peurs ont la vie dure.

— Je veux que Chloé soit mon premier conseiller. Son bon sens est ma boussole.

Grégoire Horeau sourit :

— J'ai du mal à croire que tu ne puisses rien faire sans elle.

— Chloé est respectée par les Français. Son attitude douce et posée a toujours plu. Qui sait ? Elle pourrait même convaincre les Marseillais de nous rejoindre ?

— J'attends avec impatience les résultats de son entretien avec Oona Fourcade, mais tu connais mes rapports avec Chloé, même avec sa puce, elle est, comment dire... passionnée... et j'aime l'efficacité. D'ailleurs, nous annoncerons la décision demain. Prépare-toi, cher ministre.

Alors que les deux hommes se serrent la main, le sourire du président se fige et devient inquiétant.

— Une dernière chose...

— Oui ?

— Il faut que cela cesse.

— Pardon ?

— Nous ne pouvons pas nous payer un scandale à ce niveau de l'État. Alors, tu protèges ton visage, tu vas t'amuser une dernière fois et rideau !

***

L'enfant d'Oona s'arrête pour faire ses lacets devant le numéro 174 de la Corniche à Marseille. On y trouve un marégraphe, installé en 1883, qui marque le point zéro de l'altitude en France. Oona lit la plaque et en rit, *le point zéro*, ça lui va bien en ce moment. Elle se demande où elle va trouver la force de continuer. Chaque jour est une épreuve, elle a toujours été engagée et soucieuse de son prochain mais elle ne s'était jamais imaginé qu'elle ferait de la politique et que ses décisions impacteraient non seulement ses concitoyens mais peut-être aussi le reste de l'humanité. Elle s'est retrouvée porteuse d'un étendard trop lourd parfois. Elle voudrait pouvoir poser sa tête sur l'épaule d'un être aimant, se sentir protégée. Et quand elle imagine cela, bien malgré elle, c'est le visage de Chloé qui lui vient en tête.

Oona s'impose de sourire, elle a lu dans un article que si on simulait la joie alors on envoyait des signaux à son cerveau et, comme un cercle vertueux, il se mettait à fabriquer les hormones du bonheur.

Elle vient de récupérer l'Enfant à la naissance du jour, après son cours de voile. Elle trouve ça formidable qu'il aime la mer. Oona en a peur depuis qu'un rouleau a failli l'emporter petite fille, elle ne peut aller trop loin dans les vagues et ne nage qu'en mer calme ; mais son enfant est une sirène, un poisson, et ce n'est ni une fille ni un garçon, il en a décidé ainsi. Il cherche le nom qui pourrait lui plaire. Aussi, Oona l'appelle « son enfant » et il en est heureux. Quand Oona a compris qu'il cherchait son identité, elle lui a raconté la légende des êtres aux deux esprits que les autochtones nord-américains se transmettent de génération en génération. Il se dit que les êtres humains ont été façonnés avec les racines d'un arbre : d'un côté les masculines et de l'autre les féminines, mais après la création des deux premiers êtres, il restait un peu des deux sortes de racines, c'est de leur mélange que sont nés les « two spirits ». Ce que l'Enfant avait aimé dans cette histoire, c'est qu'il ne s'agissait pas de définir un être par rapport à ses préférences sexuelles. L'Enfant était petit et la notion du désir lui était floue et le mettait mal à l'aise. Il ne savait pas encore qui il voulait embrasser mais il ne trouvait pas sa place dans les cases définies par la société. Il était un être lumineux qui se promenait d'une énergie à l'autre et aimait rire avec des inconnus et danser avec sa mère. Il était simplement « l'Enfant ».

Une fois ses lacets faits, l'Enfant s'élance en trottinant et tente de faire avancer sa mère que beaucoup trop de gens arrêtent dans la rue pour lui demander de l'aide. Les Marseillais souffrent, les factures d'eau sont très élevées, quand ils y ont accès. La désalinisation marche mal et la sécheresse est pire encore que celle de l'an dernier. On manque de médecins, la plupart sont partis exercer ou faire de la recherche dans le monde des pucés et des puissants, ne pouvant tourner le dos à la vie que cet autre univers leur offrait, ni à l'excitation d'être dans un laboratoire avec des moyens et une intelligence augmentée. Seuls quelques ingénieurs, techniciens, ou du personnel médical dévoué, restèrent dans le Sud aux côtés de ceux qui avaient décliné l'équipement. Le passage de la nouvelle frontière au sein même de la France était désormais très complexe, les transports vétustes de l'autre côté les menaient à l'orée d'un monde où tout était fait grâce à la connexion. Sans puce, sans identité reconnue par le système, il était quasiment impossible de monter dans un train ou de s'acheter à manger. Les nouveaux matériaux synthétiques écologiques devenus beaucoup trop chers pour la zone libre, Marseille manquait aussi cruellement de matières premières naturelles pour construire des habitations et maintenir les infrastructures de la ville. Les fournisseurs de sable, de bois et de gravier se faisaient rares en raison d'un marché réduit par la crise environnementale. Le triumvirat cherchait de nouveaux réseaux d'approvisionnement, et chaque Marseillais qui interrompt le chemin d'Oona lui rappelle l'urgence de la situation.

Oona avance avec son enfant mais elle est une figure maternelle pour toute la ville et on l'arrête pour lui demander de l'aide ou, avec le sourire, pour la remercier de ce qu'elle fait. Des vendeurs de rue leur offrent des beignets ou de la limonade. Oona est aimée. Dans cette lutte contre le gouvernement central et la peur des lendemains, sont nés des liens très forts entre les résistants. L'Enfant gambade et prie sa mère de hâter le pas. Parfois, Oona le regarde avec des larmes d'émotion. Elle aime penser à lui comme à « son miracle ». Elle avait toujours imaginé devenir mère pour ses quarante ans. Plus tôt, cela aurait été un sacrifice pour sa carrière de danseuse. Mais à trente-six ans, en parlant à son gynécologue du processus de procréation médicalement assistée, elle apprit l'utilisation d'utérus artificiel en zone équipée pour les femmes qui ne pouvaient ou ne souhaitaient pas porter leur enfant. Cette invention pensée dans les années 2000 avait eu mauvaise presse au commencement. Pour certains réfractaires, on chosifiait la naissance, pour d'autres on la robotisait, on la désinvestissait de son côté sacré, animal, on privait l'être humain de son essence. Mais avec le temps, la rationalité populaire et les discours pédagogiques d'intellectuels faiseurs d'opinion, on comprit les bénéfices de cette technologie de rupture. Au-delà de l'aide apportée aux femmes souffrant de complications utérines de naissance ou à la suite de maladies, l'utérus artificiel marquait la fin d'une forme d'asservissement et d'obligation de conformité sociale. La contraception avait aidé à décider du moment pour avoir un enfant, la PMA avait permis aux femmes seules ou en couple de devenir mères, l'utérus artificiel quant à lui autorisait l'effacement de siècles de discrimination. À cette liberté supplémentaire s'ajoutait la capacité du corps médical à suivre l'évolution du fœtus au cours des neuf mois de développement avec une plus grande précision. La procréation in vitro était systématique, aussi pouvait-on éliminer quasiment la totalité des maladies génétiques par sélection des gamètes. L'activité sexuelle était devenue une source de plaisir uniquement, ce qui déplaisait aux représentants religieux de la zone blanche. D'un point de vue démographique, la France qui souffrait d'un déclin des naissances depuis les années 2010 s'était saisie de cette innovation sans hésiter. Grâce à l'utérus artificiel, les femmes, les hommes seuls ou les couples avaient plus d'occasions de mettre un enfant au monde, sans distinction socioprofessionnelle ni d'âge. Les frais de ce dispositif hospitalier et médical étaient couverts par la Sécurité sociale et ce très vite après sa mise en service. La raison évoquée était simple, il fallait éviter toute forme de marchandisation de la naissance. Mais sous la pression du gouvernement et de certains médecins, les citoyens de la zone libre furent rapidement dans l'impossibilité de recourir à cette innovation gratuitement. Selon la Santé publique, la puce était nécessaire pour suivre les patientes et les connecter à leur bébé en croissance in vitro. Des stimulations électriques étaient envoyées du cerveau de la mère et du père vers l'utérus artificiel. Seules quelques cliniques privées proposaient, contre une somme non négligeable fixée par l'État, cette technique révolutionnaire. Les équipés y voyaient une cohérence : les rebelles qui rejettent la science n'ont pas de raison d'utiliser cette solution.

Grâce à l'argent qu'Oona avait gagné au long de sa carrière de danseuse et de chorégraphe et les ballets plus récents vendus au marché noir aux États-Unis et en France afin d'être utilisés pour des spectacles virtuels, elle put choisir d'être mère. Elle fit deux séjours parisiens d'un mois pendant l'année 2038. Installée chez son frère avec lequel elle gardait des relations malgré leurs divergences d'opinions sur la puce, elle s'était émue avec lui à regarder leurs enfants grandir côte à côte dans deux utérus artificiels. Quelle magie de voir un bébé prendre vie peu à peu !

Les cousins naquirent avec un jour d'écart. Markus n'avait que deux mois quand il fut équipé, et cela avait beaucoup choqué Oona. Comment prendre ce genre de décision pour son enfant sans culpabilité ? Il avait fallu des années pour que l'enfant d'Oona « rattrape » celui de son frère. La puce lui avait permis d'assimiler avec rapidité et sans erreur le langage, la lecture, le calcul, le raisonnement analytique ou encore la structuration des relations sociales avec les autres enfants. Oona restait discrète sur la naissance de son bébé mais jamais elle ne regrettait son choix, il était la raison pour laquelle elle se battait, le symbole de ce qu'il lui fallait protéger.

Il fait si chaud que ses cheveux ont déjà séché sur le chemin alors qu'elle s'apprête à le déposer à l'école, dans le plus vieux quartier de Marseille, le second arrondissement qu'on appelle « le quartier du Panier » en hommage à l'auberge du même nom. Il est le berceau de la ville, le point de départ de Massilia. L'Enfant va à la Bubble School. Ce n'est pas l'école la plus proche de chez eux mais Oona tient à ce que son enfant aille dans cet établissement attaché aux valeurs républicaines et qui donne une éducation trilingue. Cela pouvait sembler ridicule aux Français équipés qui, à l'aide d'une simple puce, pouvaient faire en sorte que leur progéniture soit capable de maîtriser toutes les langues de la Terre, mais Oona croit encore aux bénéfices de l'effort, en l'apprentissage, en la différence qu'il y a entre apprendre et être chargé d'une information. Que feront tous ces enfants si un jour survient un dysfonctionnement ou un piratage de leurs puces ? Cette prochaine génération ne saura rien que ce dont on aura bien voulu la charger.

Quand la vie lui en laisse le temps, Oona va boire un verre et discuter avec d'autres parents d'élèves sur la place des Pistoles à l'ombre d'un parasol en fin de journée. Les désaccords sont bruyants et intéressants ; cela aide Oona à comprendre ce qu'on attend d'elle. Parfois, elle voudrait s'exprimer en dansant, retrouver son corps, ne pas avoir à porter le poids des responsabilités. Elle se lève toujours un peu avant les autres et emprunte une petite rue déserte pour effectuer quelques pas de danse avant de récupérer l'Enfant. Le bâtiment de la Bubble School est la réunion de deux immeubles d'habitation qui n'étaient pas alignés et dont les fenêtres ne sont pas à la même hauteur, il avait fallu ajouter des marches pour connecter cette sorte de maison violette et biscornue à ce rectangle jaune de quatre étages qui ressemblait à un dessin d'enfant. La porte avait été peinte en violet et le nom de l'école était né de la grande fenêtre ronde qui réunissait les deux bâtiments. Les écoliers adoraient ce dédale de pièces exiguës, plein de cachettes moelleuses pour lire ou jouer dans son coin. C'était une école assez peu conventionnelle et sa directrice développait les besoins d'expression des élèves qui avaient le droit de peindre sur les murs si l'envie leur en prenait. Cette volonté viscérale de préserver les individualités et de célébrer la différence était lui aussi un acte de résistance.

***

Ash marche devant les Invalides en direction des berges de la Seine. Il se souvient du bateau-mouche au bord duquel il était monté en découvrant Paris avec sa mère. C'était une de ses premières émotions esthétiques et un souvenir fondateur. Le niveau de l'eau était déjà très bas à l'époque. Quelques années après, le réchauffement climatique avait fait disparaître les bateaux-mouches à jamais, n'autorisant que des embarcations légères à faible tirant d'eau. Ash se demande où ces bateaux aux larges baies vitrées avaient échoué. Son grand-père s'amusait à les appeler des « promène-couillons ». Peut-être étaient-ils dans une décharge ou revendus là où l'eau coule encore ? Il faudra qu'il le demande au président. Aujourd'hui, la Seine n'est plus qu'une frêle rivière. Il la regarde d'en haut, comme on regarde sa vie s'amenuiser, un sablier qui s'écoule et semble aller de plus en plus vite vers sa fin.

Toute personne qui aurait observé le professeur Stuart s'avancer d'un pas nerveux le long de l'esplanade vers le pont Alexandre-III puis en descendre les marches de son escalier rive droite, en regardant à maintes reprises derrière son épaule, au-dessus de sa tête ou sur la berge d'en face pour vérifier qu'il n'était pas suivi, aurait imaginé qu'il avait un rendez-vous secret Défense ou du moins de la plus haute importance. En revanche, pour les rares initiés, le cheminement d'Ash était clair. La nuit tombée et l'air de mars chaud et moite donnent à Ash des envies de liberté. Il a désactivé son système de géolocalisation et s'apprête à redevenir celui qu'il est complètement, l'espace de quelques heures. Il approche des quatre pylônes mythiques à l'entrée des marches du pont Alexandre-III, décorés des statues dorées qu'on appelle les Renommées. Celle de la Guerre a perdu sa tête lors de la révolte du 14 septembre et trône menaçante. L'État avait décidé de ne pas la restaurer comme pour laisser une cicatrice de cette infamie. Restaient intacts le Combat, les Arts et au-dessus du pont, du côté qu'emprunte Ash, les Sciences. « Douce ironie », pense-t-il.

Il fait quelques pas sur le quai, s'assure à nouveau qu'il est seul, pénètre les contreforts du pont dans un ancien garage à bateaux à présent désaffecté qui servait de boîte de nuit il y a encore une vingtaine d'années. Il longe le mur central et, après quelques mètres, fait basculer une pierre factice qui protège un boîtier à reconnaissance vocale. L'algorithme reconnaît qu'il est déjà venu et a été autorisé par le système. Une porte s'ouvre, il s'y engouffre. Un instant après, il ne reste aucune trace du scientifique respectable dans l'individu qui descend des escaliers étroits et sales cette fois, éclairés par une lumière rouge. Alors qu'Ash s'enfonce dans les entrailles de Paris, son rythme cardiaque s'accélère, il avance plus vite. Il se retient de ne pas courir. Il en aurait besoin. Il faut qu'il évacue sa rage. Même le système de régulation de sa colère n'arrive pas à contenir celle qu'a provoquée le président avec ses sous-entendus qui, en plus de l'affront, signifient qu'il va lui falloir renoncer à cela. Ash, à qui une partie de l'humanité reproche de lui avoir confisqué sa vie privée, souffre d'une remarque qui lui est apparue comme un viol. Il fait ce qu'il veut en dehors de ses horaires de travail, il n'appartient à personne. Il a besoin de ces moments pour tenir le coup, pour ne pas perdre qui il est, pour inventer de nouvelles choses.

D'ici on entend les basses de la musique, il se rapproche. Il arrive à l'un des embranchements des égouts. Une barque l'attend. Il chuchote un mot de passe à sept chiffres au gondolier. Celui-ci hoche la tête et le fait monter à bord, il ressemble plus à un catcheur patibulaire qu'à un beau Vénitien. On bande les yeux d'Ash et l'embarcation avance rapidement vers la musique qui se superpose à une clameur. Le pouls d'Ash ne fait qu'augmenter, une fonction médicale l'en alarme et lui fait prendre trois inspirations profondes et lentes, il sourit, c'est une de ses inventions.

Le voilà arrivé à la première porte. On l'aide à descendre de l'embarcation, on l'assied sur ce qui doit être une sorte de petit train, il ne voit toujours rien. Il sent l'air poisseux qui lui frappe le visage quand il démarre en trombe. Les cris se font plus proches, la musique lui tape maintenant dans le ventre. Sa puce le contrôle et son excitation n'est due qu'à la connaissance intime qu'il a de lui-même et de ses souvenirs ; en réalité, son corps ne cesse de traiter la même information pour que le cœur ne s'emballe pas, que ses fonctions restent optimales. On l'aide à sortir du train, il passe une porte qu'il entend se refermer derrière lui. Là seulement, on lui retire son bandeau. Il n'est pas surpris, il a fait cela de nombreuses fois déjà. Il ouvre les yeux sur un être hybride et beau. L'être le toise.

— Tiens, tiens, notre maître à tous. Professeur, puis-je désactiver votre brillante invention ?

Ash sourit en guise d'approbation.

Il suffit d'un glissement de doigt sur l'écran de contrôle pour permettre au garde de désactiver la puce et d'effacer les vingt dernières minutes de la mémoire d'Ash avant son arrivée. Par précaution, et pour éviter tout risque de fuite ou de découverte de ces lieux par la police lors d'un scan d'identité. C'est une sorte de mise en bouche de ce qui les attend... la perte de contrôle. Si bien qu'Ash, comme d'habitude, se sent perturbé les premières secondes. Puis, comme s'il se réveillait d'une longue nuit, il reprend ses esprits, et se relâche enfin.

Ash pénètre dans ce que le gouvernement a nommé un lieu reptilien mais que les initiés appellent du nom qui caractérise chacun de ces endroits. La plupart de ces salles secrètes sont dédiées au sexe, à la réappropriation des fantasmes. On en compterait une trentaine en France. L'an dernier, le gouvernement en avait démantelé deux dans le plus grand des secrets. Il ne fallait surtout pas écorner l'image d'Épinal que le gouvernement tentait de construire autour de la puce. Il est à Arès, du nom du dieu de la Guerre chez les Grecs anciens. Après la seconde porte, la clameur est tonitruante. La musique retrouve son sens et provoque émotions et envies, elle est assourdissante. Même si les regards qui glissent sur lui ce soir ont des airs sexués, Ash ne cherche pas la luxure mais tout se mélange quand les sens brimés reprennent le dessus. Le plaisir n'est plus orienté, il reprend sa liberté. Les hommes reviennent à l'état animal, ils dévorent de la viande à même les os, une odeur de barbecue enfume l'immense pièce sombre qui ressemble à un hangar. Il y a quelques femmes, beaucoup dansent, presque en transe. Les mâles se sentent investis d'une puissance bestiale et reprennent des attitudes d'hommes des cavernes. De multiples combats se tiennent sur cinq rings en hauteur dans la grande pièce, ou plutôt dans des cages en forme d'octogones dans lesquelles on s'affronte jusqu'aux limites de la mort. Ici, on pratique le MMA, les arts martiaux mixtes, chacun se bat avec sa discipline de prédilection. Aussi voit-on parfois des combats au sol, au corps à corps, d'autres debout à distance ; la seule constante est la violence. Il y a trois façons de remporter un combat : une perte de connaissance classique ou le knock-out technique, quand l'adversaire ne se défend plus comme s'il était dépossédé de son corps, et enfin la soumission, quand il tape des mains ou exprime vocalement qu'il se rend au plus fort. Compte tenu de la clandestinité des combats, toute blessure sur une zone « visible » est bannie, tout doit pouvoir être aisément caché sous des vêtements.

Heureusement, car Ash n'est pas à Arès pour regarder. Il s'approche d'un des organisateurs de combat et lui dit qu'il est prêt. On l'amène dans une salle, il se change. Il enfile des protège-tibias et des coudières, son protège-dents, son casque, sa coquille et ses gants. Il repense aux premières expériences d'univers parallèles virtuels qui ont été faites et qui permettaient de plonger dans le monde des fantasmes en toute sécurité et sans limites. Il en avait été un fervent consommateur et puis ça ne lui avait plus suffi. Même les décharges électriques les plus réalistes et les systèmes d'émulation les plus efficaces ne suffisaient pas. Le cerveau a ses mystères qu'aucun métavers n'est encore aujourd'hui capable de simuler. Une part de la psyché reste inaccessible aux scientifiques.

Le métavers immersif par la puce est désormais massivement utilisé par tous les Français équipés, ce qui permet aux propriétaires de ces programmes algorithmiques ou encore à l'État de collecter des informations précieuses sur les comportements des citoyens et des consommateurs. On capte leurs envies, leurs dégoûts mais aussi leurs peurs pour anticiper leurs actions et leurs décisions. La puce est là pour leur dire ce qu'ils doivent acheter, manger, qui aimer ou avec qui coucher, au bénéfice d'un pouvoir supérieur consumériste. Les réseaux sociaux des années 2000 semblent angéliques face aux technologies embarquées dans la puce des équipés. Les législations européennes mises en place depuis celle de 2018 pour protéger nos données à caractère personnel n'ont pas survécu à l'explosion *métaversielle*. Heureusement, pour une poignée de privilégiés dont faisait partie Ash, le métavers n'est pas l'unique destinée, et il s'abandonne régulièrement à corps perdu dans les lieux reptiliens. Ash sait contourner les règles qu'il a en partie inventées.

Même dans ces moments d'excitation, Ash pense à ce qui l'anime vraiment : la science. Il veut parvenir à ce que son métavers soit un équivalent absolu de l'expérience de vie. C'est toute l'histoire du nouveau projet qu'il pensait présenter le matin même au président. Alors, il prend tout dans les tripes, assimile chaque chose pour se comprendre et à travers son intimité toucher le monde entier. Le goût du sang, l'acidité de la sueur provoquent en lui des pulsions plus fortes encore que le sexe. La peau est une zone érogène, qu'on l'embrasse ou qu'on la frappe, et les ecchymoses que lui laissaient ses adversaires étaient comme autant de baisers que sa mère ne lui avait jamais donnés. Rien n'était jamais assez bien à ses yeux. Quand Ash est né à New York, sa mère, française, avait déjà le mal du pays et il symbolisait ce qui la tenait désormais prisonnière des États-Unis, aussi lui témoignait-elle peu d'affection. Il lui avait fallu trois ans pour divorcer et dix de plus pour qu'elle négocie leur départ, laissant Ash déraciné et loin de son père qu'il adorait.

Sa mère, comme toutes les grandes psychanalystes, était complètement folle, capable de la plus grande des fantaisies comme d'obsessions éducatives névrotiques. Dès que l'intelligence exceptionnelle d'Ash avait été repérée, elle avait voulu la perfectionner, comme on améliore la programmation d'un robot. Les après-midi, quand ses amis s'amusaient, Ash résolvait des équations à plusieurs dizaines de paramètres écrites sur une page de son cahier de lycéen. Des images de son adolescence remontent alors qu'il s'échauffe. Il aime être poussé dans ses limites physiques, émotionnelles et intellectuelles, être face à ce qui semble impossible et en triompher. Ash est meilleur dans l'adversité. On l'a préparé à cela toute sa vie. Au combat.

Il entend le décompte.

Trois minutes.

Saut à la corde. Pompes. Étirements.

Une minute.

Ash a toujours éprouvé un besoin de forcer, de contraindre, d'avoir raison. La science lui permet cela, une équation ne peut pas avoir tort ; seul celui qui l'écrit peut se tromper. Ash aimait avoir le contrôle sur ce qu'il produisait et résolvait mais il avait poussé son besoin de toute-puissance plus loin encore, il avait fait plier la nature, dépassé les limites de l'objet et de l'humain. Il y avait une colère en lui, et il était là pour l'expulser.

C'est maintenant !

Ash est précipité sur le ring. Les lumières sont aveuglantes, le bruit, les odeurs, les phéromones palpables, tout est décuplé par la perte d'habitude. Ash ne réfléchit pas pour une fois, il sait que c'est à qui tape le premier. Quand il frappe, Ash retourne dans un état infantile qui précède la compréhension de la souffrance d'autrui, la barrière de la pitié n'existe pas. Une cruauté primitive s'empare de lui. Il aime le goût du sang dans sa bouche, lui qui a du mal à toucher sa femme quand elle a ses règles. Il décharge sa haine comme un processus libidinal malheureux.

Celui qui apparaît face à lui est une montagne. Ash se demande si l'organisateur n'a pas fait exprès de le choisir. Il est de toute évidence plus fort qu'Ash et entraîné. L'adrénaline remonte et ça lui fait plaisir d'avoir peur, il connaît la sensation d'ivresse qu'il aura une fois la terreur retombée, comme une montée de drogue. Son adversaire a un regard de veau – sans la puce, certains perdent une grosse partie de leur capacité mentale, surtout les plus jeunes qui n'ont pas eu besoin d'acquérir de connaissances et d'apprendre, la puce faisant office de moteur de recherche et de disque dur extrêmement efficaces avec leurs souvenirs. Aussi, quand on les « débranche », ils sont assez proches du primate. Quelle contradiction ! Et c'est Ash qui en est en partie responsable. Il aimait flatter son ego avant de combattre, se dire que son intelligence pallierait le manque de puissance. Et c'est ce qui se passe. Il repère que son compétiteur ne pose pas le pied correctement au sol, il a une faiblesse à la cheville. Ash commence par une béquille et le fauche au sol devant une foule en délire. Il en profite pour lui donner un coup sec et violent au genou et recule d'un pas, il ne voudrait pas risquer d'être mis à terre ; au corps à corps, il n'aurait aucune chance. Une règle a son importance. On ne peut toucher aux parties « visibles ». Tout le monde ici retourne ensuite à la vraie vie, celle où l'on doit sourire, ne pas avoir mal, ni chaud, ni froid, ne pas s'être battu, respecter les codes. Une colère envahit Ash, un dégoût de ce monde aseptisé qu'il a contribué à mettre en place. Son adversaire se relève assez vite malgré sa masse. Il souffre, sa respiration est rauque, son souffle est chargé d'alcool. Son genou est blessé alors Ash le vise à plusieurs reprises. Son adversaire réplique et il reçoit un coup de poing violent dans le ventre. Mais Ash tape dans le genou, encore et encore, la cible est désormais ensanglantée. Ash sourit et, avec son protège-dents, son visage a quelque chose d'effrayant. Dans ces instants-là, Ash comprend la joie que la guerre procure aux hommes et comme elle peut leur être nécessaire pour combler leurs pulsions. Il se dit aussi qu'il est bon que ses puces existent pour protéger l'humanité d'elle-même. Peu à peu, à l'aide de sa raison et de son intelligence, il se recentre et désire rentrer à la maison. Une droite d'une puissance colossale au niveau de l'estomac lui coupe la respiration et le met au tapis. « Ne jamais relâcher la garde », pense-t-il avant de faire un malaise. Noir.

***

Dans le parc du Roy-d'Espagne, au sud de la ville de Marseille, se trouve une pyramide. Au début du XIXe siècle, Dominique Bastide, propriétaire d'un château démoli depuis, l'avait érigée pour en faire un tombeau familial. Elle est désormais utilisée par la résistance comme point de ralliement pour les grandes communications intercontinentales. Oona s'y installe tandis que Milo fait bouillir du café à la turque. Elle se sent bien dans ce refuge hors du commun, lovée dans un pouf de cuir. La forme de la pyramide n'a pas été choisie par hasard. Le triangle porte en lui de multiples symboles. Trinité chez les chrétiens, deux triangles superposés pour l'étoile de David, jadis Xénocrate avait choisi de représenter la divinité par un triangle équilatéral, avec tous les côtés de même longueur, l'humanité par un triangle scalène, aux côtés tous inégaux, et les génies par le triangle isocèle qui a seulement deux côtés égaux, entre l'humain et le divin mais aussi capable d'invention car il possède des imperfections. C'est aussi le symbole de la stabilité, ce qui plaît à Oona car il représente l'aspiration de ces trois êtres que le destin a réunis à la tête de ce mouvement. Mourad entre, essoufflé, il ne se déplace qu'à vélo, habillé d'un vieux tee-shirt – son statut ne lui est pas monté à la tête.

Le triumvirat est au complet, des rendez-vous importants sont fixés avec plusieurs chefs d'État. Une sorte de frénésie s'installe. Marseille n'est pas un pays ni une vraie puissance en soi mais une antenne importante de la résistance française et un lieu stratégique, un port qui contrôle les arrivées de marchandises mais également celles de possibles soldats… Ils conviennent qu'Oona se rendra au Vatican pour rencontrer le pape et à Saint-Tropez discuter avec l'imam Abdelkacem. Milo restera à Marseille pour la gestion du quotidien.

Mourad quant à lui fera une tournée plus fatigante. Il se rendra au Moyen-Orient dans des villes à la chaleur désormais si écrasante qu'elles ne vivent plus que la nuit, pratiquant la microculture dans des serres sous forme de container qui peuvent faire des miracles avec une quantité infime d'eau. Le monde était globalement plus doux, la vie plus simple, on y travaillait moins, et malgré les incidences du réchauffement climatique, la qualité de vie était plus élevée qu'elle ne l'avait jamais été dans aucune civilisation, mais certains lieux étaient privilégiés. On aurait pu penser que la puce ferait naître de bons sentiments chez les êtres humains et que l'absurdité des nationalismes et les instincts belliqueux s'effaceraient, mais il n'en était rien. Le monde était encore découpé en puissances prêtes à s'affronter, capables de se détruire. Il restait une grande quantité d'êtres humains qui voulaient jouer à être le plus fort.

Malgré la faible résistance d'une branche loubavitch concentrée à Jérusalem et qui vivait enfin en paix avec une communauté musulmane et quelques chrétiens illuminés, Israël, pays équipé à 94 %, avait cessé d'être un État juif et avait signé un traité avec les États-Unis. La Jordanie, qui était également équipée, discutait pour rejoindre cette alliance.

Le reste de la péninsule Arabique vivait sans puce et s'était scindé en deux énormes puissances. La première, enfantée par l'État islamique, se qualifiait désormais de califat mondial et liait l'Irak, l'Afghanistan et la Syrie. Le califat était considéré comme une puissance « panislamique », et protégeait les pays musulmans même les plus modérés selon les préceptes d'Ali Khamenei, transformé en héros post mortem. Le califat était donc un père bienfaiteur pour la seconde alliance musulmane qui regroupait le Qatar, l'Arabie saoudite, le Koweit, le Soudan, Oman, le Yémen et l'Éthiopie, il était aussi allié à une Russie affaiblie dans une course à celui qui exploiterait le mieux sa population afin de fournir des biens à moindre coût aux puissances équipées qui n'en restaient pas moins cupides et sans morale.

La Chine et les États-Unis restaient deux puissances indiscutables mais il était beaucoup plus difficile de quantifier ce statut et la Chine ne cessait de marteler que le monde tournait désormais autour d'elle. La crise de Shanghai, il y a une vingtaine d'années, avait durci les relations entre les deux pôles financiers mondiaux. Une guerre sino-américaine avait été évitée après une escalade entre Pékin et New Delhi concernant la contestation de leurs frontières. Pour éviter un brasier, les États-Unis avaient fait des sacrifices et pris des décisions de partage spatial en leur défaveur, mais la tension n'était jamais retombée. Les États-Unis n'avaient que deux vrais noyaux durs de résistance, le Montana et une partie du Canada qui avaient reformé un État quasiment indépendant et une alliance entre la Louisiane et le Texas. Le Montana était incarné par Raphaël Diguan, une figure de rébellion bien connue des Français. Il était l'une des personnalités publiques, pour la plupart sans aucun bagage scientifique, qui dans les années 2010, à l'aube de la percée médiatique de l'intelligence artificielle, avaient commencé à évoquer le point de singularité comme si c'était une certitude.

Le spécialiste de cette théorie en France était sans doute Thomas Juhel, l'actuel directeur européen de la société Hyperloop de trains à très grande vitesse dans des tubes sous pression et ingénieur à la notoriété internationale. Il s'était toujours passionné pour cette hypothèse de l'existence dans un futur même lointain d'un point de basculement où les machines qui prendraient conscience de leur existence et dont l'intelligence dépasserait celle des humains seraient au pouvoir. En 2028, Thomas, que tout le monde surnommait Tom, avait été contraint de débattre à ce sujet avec le porte-parole d'un parti populiste dans une émission de radio du service public pourtant réputée sérieuse. Le porte-parole défendait l'idée que les machines allaient prendre le contrôle du monde, faisant des êtres humains de simples esclaves à l'intelligence obsolète. Tom s'était fait piéger par le journaliste qui l'avait mis sans le prévenir face à un idéologue limité. Il avait été assez radical durant leurs échanges et insisté sur le fait que les machines ne feraient que simuler, même en partie, les intelligences émotionnelles ou de situation et qu'elles ne les maîtriseraient jamais. Il avait pris l'exemple de la poupée dite de compagnie, en réalité majoritairement utilisée à des fins sexuelles par 12 % des Français de plus de trente-cinq ans. Cette femme idéale programmée a les pupilles qui se dilatent et un cœur artificiel qui s'accélère quand elle dit « je t'aime » à la demande mais ne le ressentira jamais. La différence est subtile mais elle est néanmoins technologiquement juste.

« La singularité est le sujet favori des récits de science-fiction mais elle n'a aucun fondement scientifique », répète Tom à qui veut l'entendre. Cependant, chercher à atteindre ce point est stimulant intellectuellement et peut permettre de faire des bonds de géant scientifiquement. Tom se souvenait de ses lectures d'adolescent, quand lui aussi était fasciné par cette idée. La singularité est une théorie qui a été élaborée à la moitié du XXe siècle par le scientifique John von Neumann pour exprimer les transformations irréversibles futures sur l'humanité dues à une croissance technologique exponentielle. Elle fut largement discutée et débattue à la fin du même siècle par des scientifiques mais aussi par des transhumanistes et des futurologues qui voyaient l'intelligence artificielle comme le vecteur de ces mutations civilisationnelles néfastes. Tom reconnaît les bouleversements humains et sociétaux qui résultent de révolutions scientifiques. Il se torture l'esprit régulièrement sur l'influence de son propre travail et le prix à payer pour permettre à des millions de personnes de profiter du progrès qui en résulte. Mais, même s'il doute souvent de ce que certains individus aux intentions néfastes peuvent faire avec ses inventions scientifiques, il ne tombe jamais dans ce jeu démagogue et immonde que certains politiques et chefs de mouvement orchestrent dans le but de manipuler les foules par l'effroi. La peur de la science et de la technologie peut mener à rejeter tous les développements, même ceux qui peuvent faire avancer notre civilisation. Le lobby anti-science était venu perturber la mise en circulation de la puce d'Ash et Chloé qui luttait contre Alzheimer, mais le duo nobélisé avait validé la certification européenne dans les temps. Les associations du collectif MND (Maladies neurodégénératives) avaient frappé plus fort à l'aide d'images de malades dont la souffrance était insupportable. Ceux qui refusaient le déploiement du traitement miracle furent vite considérés comme des monstres.

Pourtant, cette notion de singularité technologique n'a cessé de faire parler. Certains ont même été jusqu'à évoquer la fin du monde telle qu'on le connaît aujourd'hui, avec à la clé une histoire aux allures de *Matrix*, ce film de 1999, dans lequel l'homme ne serait que l'esclave de cette intelligence extraordinaire. Dans les années 2030, un médecin mexicain en fin de carrière basé aux États-Unis, Rafael Diguan, développa un modèle économique fort lucratif de conférences et de stages pour « se former à combattre les futures intelligences artificielles ». Il proposa des retraites de plusieurs jours au milieu du Montana sans téléphone, tablette ni ordinateurs, ou à plusieurs semaines dans des camps de libération du corps face aux machines. Les recettes explosèrent tout autant que la couverture presse qui ne se privait pas de la moindre extrapolation abusive et des nombreux mensonges du maître Diguan. Cette presse se perdait dans l'information scientifique qu'elle ne comprenait pas. Tom avait vu deux de ses amis sombrer dans ce mouvement anti-science, comme on plonge dans une secte. Ils ne se parlaient plus malgré les efforts de Tom de les ramener à la raison. L'un vivait avec les éclairés du désert du Montana, l'autre – qui avait peu de moyens – n'avait pu se payer le luxe de la communauté du docteur Diguan et s'était installé à Nice.

Rafael Diguan avait été l'objet de plusieurs enquêtes, on lui consacra même un livre. Il était né dans un climat d'une grande violence dans la banlieue de Mexico et s'en était tiré à force de travail et grâce à une intelligence éblouissante. Sorti major de sa promotion de l'université nationale autonome du Mexique, Rafael n'avait jamais oublié ses racines et, s'il avait une clientèle aisée, il continua tout au long de sa pratique de voir des gens plus pauvres et de les soigner gratuitement. On le payait en gâteaux, bouteilles d'huile, petits plats. Rafael avait été un médecin respecté mais il avait compris assez tôt la force de l'esprit sur le corps et s'amusa à faire de nombreuses expériences à base de placebo, traitant des patients avec de la poudre de perlimpinpin tout en leur disant les soigner avec un médicament révolutionnaire dont il était soi-disant l'inventeur. Et cela avait marché. On se passait le mot et son cabinet ne désemplissait pas, jusque tard dans la nuit. On le disait dévoué à ses patients et à son métier. Il n'était pas rare qu'il s'endorme sur le divan de sa salle d'attente car il était inutile de rentrer chez lui pour quelques heures. Il était adepte de la méditation, des sciences parallèles et exerçait un pouvoir de fascination sur sa patientèle, surtout féminine. Vantant le pouvoir du son, il traitait les gens avec des vibrations et des techniques de chants ancestrales. Rafael n'était pas un bel homme au sens classique du terme mais il avait du charisme et un charme d'une puissance redoutable. Il n'était pas rare qu'il ausculte ses patientes et, leur susurrant des mots à l'oreille, flattant leur beauté, qu'elles se jettent sur lui. Lors de la pandémie de 2028, il proposa à plusieurs familles riches dont il soignait les femmes au propre comme au figuré de le rejoindre dans sa ferme du Montana pour qu'il puisse veiller sur elles. Il commença ainsi à bâtir une sorte de communauté que les services de police qualifièrent rapidement de secte. Ce fut le début d'une aventure qui tourna assez vite à un rejet de tout ce qui relevait du progrès technologique. Ils se lancèrent dans une agriculture biologique, un renouvellement des sols. La philosophie de départ était belle, mais elle était mise en œuvre par une humanité qui finit toujours par l'être moins. Quand le débat de la puce fit rage, Rafael ouvrit la porte de sa retraite et accueillit de nombreuses personnes affolées qui lui confiaient tous leurs biens pour être pris en charge corps et âme. C'était assez ironique, ces gens avaient peur de la puce mais se sentaient prêts à ce qu'un être humain décide à leur place. Rafael n'avait d'ailleurs de cesse de les infantiliser, il les nourrissait majoritairement de liquides, les débarrassait de leurs noms de famille et venait les embrasser sur le front avant leur coucher, leur promettant que tout irait bien…

Oona connaissait la légende qui entourait le médecin. Demi-dieu pour certains, gourou escroc pour d'autres, il exerçait une fascination et elle était curieuse de l'entretien qu'ils s'apprêtaient à commencer. Lorsque son hologramme apparut dans la pièce, le corps d'Oona frissonna, elle n'aurait su dire si c'était de peur ou d'excitation.

***

C'est la fin de la journée, les derniers chercheurs viennent de quitter le centre d'innovation d'Hyperloop basé à Lille, pour laisser place aux techniciens de nuit qui supervisent la surveillance des tunnels dispersés en Europe, enterrés parfois à plusieurs mètres. En 2035, le milliardaire Elon Musk avait choisi la France comme site européen pour la recherche et l'innovation d'Hyperloop dont il est le fondateur. Une double motivation avait déclenché l'idée chez l'entrepreneur américain : la recherche des meilleurs mathématiciens au monde formés en France, et son rapprochement de la société d'Ash et Chloé, concurrente d'une autre de ses aventures, Neuralink, qui travaillait à la conception d'une puce cérébrale. Hyperloop avait été bien accueilli par le président français de l'époque qui voyait dans cette innovation un moyen de briser les inégalités sociales. Et il avait eu raison, la vitesse du train permet de décentraliser le pays. Le RER est un souvenir lointain, Chartres, Amiens, Strasbourg sont désormais considérées comme la proche banlieue parisienne. Tous les Français de la zone équipée profitent de ce nouveau mode de transport autonome lumineux, efficace, silencieux et propre.

Il est 19 heures, Tom doit rassembler les résultats de son équipe qui étudie un nouveau moyen d'impulsion. Hyperloop ne s'arrête jamais et veut encore augmenter sa vitesse. Tom fait signe à son assistante de partir, il en a encore pour trois heures mais grâce aux trains d'Hyperloop, il ne lui faudra que dix-sept minutes pour rejoindre son loft parisien depuis la cité nordiste. Thomas Juhel est ingénieur.

Il a été formé aux plus grandes institutions françaises et britanniques en sciences informatiques et en mathématiques appliquées. Dans sa jeunesse, faute de pouvoir pénétrer le cœur des jeunes filles, il avait piraté quelques systèmes. Tout d'abord celui du lycée Bréquigny à Rennes près de chez ses parents, puis de plusieurs ministères quelques années plus tard alors qu'il était étudiant. Derrière un écran, il avait du pouvoir, il devenait le mec cool qu'il rêvait d'être dans la vie. À trente-huit ans, il était désormais dirigeant technique et président d'Hyperloop Europe. Elon Musk l'avait rencontré dix ans auparavant lors d'une réunion chez SpaceX où il travaillait depuis deux ans. Tom avait rejoint l'agence célèbre de prestations pour la NASA juste après sa thèse de doctorat à l'université de Glasgow en modélisation prédictive. Il fit sensation face à Elon Musk en résolvant pour la première fois un des problèmes thermodynamiques les plus complexes en propulsion. Malgré son absence d'empathie connue du grand public, Musk disait se reconnaître en Tom et lui donna de plus en plus de responsabilités au sein de l'entreprise puis du groupe, pour finalement le nommer à la tête de l'innovation d'Hyperloop en France et du marché européen.

Le cerveau de Tom, comme les deux écrans incurvés face auxquels il est assis, est coupé en deux parties. D'un côté, il travaille vite et bien, de l'autre il réfléchit à ce qui le pousse à se lever tous les matins. Ses contradictions intérieures le torturent. Il défend la technologie et ses bénéfices mais s'inquiète des dérives et des mauvaises intentions de ceux qui la fabriquent ou l'utilisent. Tom croit aux développements éthiques et responsables d'outils conçus pour tous les individus et dont l'influence sur le monde est uniquement positive. Il voudrait qu'on puisse débattre des progrès et de ses limites, évoluer dans un monde où la nuance soit encore possible mais le combat idéologique qui scinde le globe tend à l'éloigner de toute conviction. Le monde ne peut exister dans une radicalité quelle qu'elle soit. Il se met à imaginer de manière dystopique ce que sera le futur de la civilisation, où il sera et ce qu'il fera dans dix, vingt ou cinquante ans. Alors qu'il plonge dans des pensées sombres, un signal provient de son ordinateur et le ramène au temps présent. L'hologramme de sa mère se révèle entre trois lentilles situées au sol près du seul mur de la pièce recouvert d'un tableau à l'huile de l'artiste contemporain Izak. La fresque n'apparaît que lorsque Tom entre dans la pièce. La toile a été acquise auprès d'un peintre niçois clairement identifié comme un ennemi de la République. Hyperloop, très proche du gouvernement, ne voudrait pas qu'on affiche cette œuvre comme une provocation au sein d'une société qui lui doit tant. Tom a mis en place un voile de protection opaque qui disparaît lorsque ses empreintes l'identifient à l'entrée de son bureau.

Il s'excuse, il ne pourra pas passer à Rennes ce soir mais promet de venir le lendemain pour manger ses galettes de sarrasin. Sa mère vieillit, elle répète tout plusieurs fois et perd un peu la tête mais elle refuse encore l'aide d'un implant cérébral. Tom la comprend, elle est d'une autre génération, il est dur de faire confiance à cette nouvelle technologie.

Depuis le début de la crise, la Bretagne a décidé de vivre déconnectée administrativement du reste du pays, refusant l'usage de la puce à l'exception des traitements thérapeutiques. Cette région de France qui a toujours été si fière résiste d'une façon différente du pôle marseillais. Ce bout du monde survit désormais grâce aux donations de familles riches d'origine armoricaine dont la plupart vivent à Paris. La Bretagne est relativement pacifiste comparée au sud de la France. Nombre de musulmans qui vivaient dans le Finistère sont partis vers la Méditerranée, la région est restée majoritairement catholique et a accueilli en nombre des réfractaires à la puce. Tom a aidé sa région en négociant une connexion gratuite d'Hyperloop entre la Bretagne et le reste du territoire, au grand bonheur de sa mère. Thomas Juhel invente ses propres règles, il met de la nuance dans un monde qui se radicalise de part et d'autre. Pour atteindre ce qu'il pense être juste, il est assisté par un réseau de hackers. L'un d'entre eux, qui répond au pseudonyme de Keltix, travaille à Swansea pour une banque galloise. Keltix et Tom collaborent pour assurer des transferts d'argent réguliers et intraçables vers des comptes bancaires bretons hébergés par cette même banque. L'argent provient de commissions fournies par la banque galloise en échange de piratages financiers dans des paradis fiscaux qu'effectuent pour eux Keltix et Tom. Keltix a une expérience en banque de détail et de marché. En contrepartie, Tom lui procure certaines informations, dont l'identité cachée des vrais inventeurs derrière les brevets d'Hyperloop. Tom s'arrange toujours pour donner un minimum de détails afin de ne pas fragiliser la société dont il est le directeur scientifique. Il se doit de conserver une partie de son intégrité. En revanche, Tom ne fait pas entièrement confiance au gouvernement, et surtout pas au président de la République dont il apprécie peu la vision. Si une petite frange de la région se rebellait, cela pourrait servir d'excuse au gouvernement pour frapper un grand coup et imposer des puces cérébrales dites « de contrôle », déjà fortement suggérées en alternative à la prison. Beaucoup faisaient fi de leur peur et se faisaient implanter pour échapper aux barreaux. Il y avait des prises de conscience de-ci de-là mais rien qui semblait représenter un danger pour le pouvoir. Pourtant, les services secrets étaient formels, la société française était encore instable et sa longue histoire de révoltes représentait une menace. Un nouveau 14 septembre de plus grande ampleur pouvait arriver à tout moment.

Une fois par mois, Tom s'entretient avec le président et l'informe des nouveautés technologiques et des idées qui alimentent ses ambitions pour le pays. En vingt ans, scientifiques et ingénieurs sont devenus des personnages clés et Tom n'a d'autre choix que de jouer le jeu, même s'il sait les dés pipés.

Tom se rassied devant son ordinateur, il ouvre un terminal, une sorte de grande fenêtre sur fond noir avec des lignes de commandes vertes, bleues et blanches. Il communique ainsi avec sa machine. Là où la majorité des gens cliquent, glissent leurs doigts et parlent à leur ordinateur, Tom interagit directement avec les processeurs en tapant des lignes de code pour leur indiquer quoi exécuter. Beaucoup de ses amis fantasment sur son quotidien. Tom laisse planer le mystère car ça l'amuse de les entendre faire référence à des vieux récits de science-fiction quand ils parlent de son boulot. Tom est introverti sans être timide, ce qui lui a permis de construire un entourage amical assez large depuis ses années à Édimbourg. Une rencontre avait notamment tout déclenché, Elfie, une magnifique Écossaise brune aux cheveux bouclés et aux yeux noisette pétillants, qui lui avait fait tourner la tête au détriment de ses programmes informatiques. Elle l'avait quitté pour un autre, et il ne supportait pas d'accepter l'irrationalité de l'amour, ça allait à l'encontre de ce qu'il était. Aujourd'hui célibataire, il répète à qui veut l'entendre qu'il doit se concentrer sur sa carrière. Sa puce l'aide à absorber et oublier les moments de solitude.

Pour agir dans la plus grande discrétion, Tom se connecte d'abord au serveur de son appartement à Paris. Il l'utilise régulièrement pour pouvoir transférer des informations sensibles d'Hyperloop de manière sécurisée et pouvoir travailler de chez lui. Il tente d'entrer de force dans un autre serveur situé à Lyon, appelé Zephyrium – le nom latinisé du chiffre zéro en arabe. Malgré l'habitude, l'adrénaline est toujours là et continue à lui procurer du plaisir quand il est en plein hacking. Il lutte et pénètre enfin le serveur. Tom est dans la machine du ministère de l'Intérieur français, qui contrôle et régule le fonctionnement des puces et donc des équipés. Les temps ont changé, lorsque Tom était étudiant il était bien plus simple de pirater le réseau d'un ministère. Désormais, il faut passer les différentes couches de sécurité augmentée par les versions modernes de blockchain censées empêcher toute violation. Une sorte de système de protection impénétrable. Sauf pour Tom, qui se connecte souvent à Zephyrium, en se déguisant derrière l'identifiant d'un des administrateurs réseau du ministère. Il a toujours trouvé ce nom symbolique et arrogant. Zéro : l'origine et le néant. Comme si Zephyrium était pour l'État français l'opportunité d'écrire l'Histoire en oubliant des décennies de simple figuration sur la scène internationale. Tout semble crypté, mais après quelques lignes de code et l'exaction de deux mots de passe, Tom entre dans un gigantesque lac de données, où on peut suivre l'évolution en temps réel des données stockées et analysées dans la puce de chacun de ses concitoyens. Tom a une puce aussi, mais il fait désactiver une partie de ses fonctionnalités tous les matins en arrivant sur le site d'Hyperloop à la demande de l'entreprise. Sa position et les informations qu'il manipule l'obligent à éviter toute connexion avec l'extérieur pendant ses heures de travail qui fragiliserait la défense de la propriété intellectuelle de la société. Des décisions autorisées par le gouvernement afin d'encourager l'innovation et retenir les entreprises compétitives sur le territoire.

Le voilà ! A93AAF4. Tom a abandonné le café et boit une gorgée de soda au gingembre pour rester éveillé sans perte de concentration. Il remonte les modifications enregistrées ces dernières quarante-huit heures de l'immatriculé A93AAF4 dont tant de gens connaissent le visage.

— Montre-moi ce que tu fais, chuchote Tom entre deux lignes de code.

Chaque citoyen de Paris, et de sa région étendue, possède une puce dont le numéro de série est un nombre en base hexadécimal, plus court et plus rapide à lire qu'un nombre classiquement utilisé, en base dix. A93AAF4 se déplace principalement dans Paris aux alentours de la Seine. « En voilà un qui ne profite pas suffisamment des trains Hyperloop », pense ironiquement Tom. A93AAF4 habite le Quartier latin. Contrairement au reste de la population qui s'est vu interdire l'accès depuis l'attaque du 14 septembre, il se rend régulièrement au palais de l'Élysée. Ce soir, A93AAF4 ne rentre pas chez lui, il marche en direction du pont Alexandre-III. Tom le suit avec un sourire sarcastique, s'il savait… Puis, le signal semble figé, plus rien ne se passe pendant presque deux heures. Un novice pourrait croire à une panne ou à un évanouissement, mais Tom sait qu'un des lieux reptiliens de la capitale y est caché.

Peu après minuit, le signal réveille Tom qui s'est assoupi sur son bureau, Ash est visible à nouveau et rentre chez lui à pied. Les signaux vitaux captés par sa puce, de la souffrance, du plaisir, sont des informations *a priori* contradictoires et donc difficiles à comprendre. Une augmentation de la température corporelle et des troubles de l'équilibre d'origine vestibulaire, associés à des taux élevés d'endorphines et d'acide lactique sont enregistrés. Tom note un signal fort dans le lobe préfrontal qui reflète un comportement agressif du sujet. Il a sûrement une contusion. Tom se laisse tomber dans le fond de son siège, pose ses mains à plat face au clavier et expire profondément. Alors que Tom pensait trouver des informations précieuses sur les travaux d'A93AAF4, il réalise qu'il y a encore de la violence chez Ash. Il s'inquiète alors pour Chloé, une de ses amies les plus chères. Ash arrive-t-il à contenir ses pulsions ? Se pourrait-il que derrière la façade de perfection, il puisse diriger sa violence contre Chloé ? Même psychologiquement ? Il est tard, Tom sort de Zephyrium, efface ses traces puis quitte son bureau. Dans le dernier train pour Paris, il réactive sa puce qui le réveillera dans dix-sept minutes exactement et l'endort pour l'instant.

J-57

Nuit du 21 au 22 mars 2050

Les yeux grands ouverts, Chloé fixe le plafond et s'interroge sur les effets d'une déconnexion prolongée chez ceux qu'on équipe juste après leur naissance et en particulier la gestion de leurs angoisses les plus profondes. Tant qu'ils sont connectés, leur puce gouverne les émotions de la journée, ce qui rend les rêves obsolètes pour la bonne santé de l'âme. Mais qu'en serait-il en cas de panne de la puce ? Comment pourraient-ils gérer ce trop-plein d'émotions soudaines ?

Chloé est nostalgique des nuits où elle rêvait. Elle avait pris l'habitude de voir son père dans le monde onirique qu'elle induisait. Elle faisait défiler des photos et des vidéos dans sa mémoire avant de s'endormir pour retrouver ses émotions d'avant la puce. Il lui arrivait de se réveiller les yeux mouillés, le corps tremblant après un de ses rêves mais ça lui faisait du bien de voir son père. Plusieurs fois, elle avait tenté de s'endormir dans un lieu reptilien pour pouvoir rêver comme avant, déconnectée, retrouver la sensation que son père venait lui rendre visite, qu'une chose la dépassait, que son inconscient avait encore une vie à lui. Sa puce déconnectée ne peut plus interférer avec son imagination, pourtant des cauchemars de plus en plus atroces dominent son activité cérébrale, comme si son cerveau ne savait plus s'évader. L'inconscient a bien perdu une part de son existence. Elle en plaisantait avec Ash et lui disait qu'ils avaient rendu Freud inutile, mais certains soirs, ça la terrifiait. Elle ne savait plus si elle était du bon ou du mauvais côté. Sa matinée houleuse a soulevé en elle de nouvelles questions. Son invention avait pour but d'éradiquer une maladie, pas une composante essentielle de l'âme humaine. Elle ne peut s'empêcher de penser qu'elle a tué l'art, et cette nuit, elle voudrait pouvoir s'endormir et rêver à Oona, à une autre rencontre.

À Marseille, Oona est plongée dans un sommeil aux rêves agités mais l'Enfant se réveille en sursaut, il est en sueur. Les nuits sont de plus en plus chaudes en cette période de printemps malgré les murs épais de leur appartement. Il a fait un cauchemar à nouveau. Il voudrait le formuler à haute voix mais il ne peut pas, alors il chante pour l'exorciser. Comme depuis plusieurs semaines, des êtres invisibles lui parlent, tentent de le rassurer, de le prévenir de leur venue. Ils n'avaient pas de forme matérielle mais l'Enfant les « voyait » quand même car il percevait leurs âmes. Elles avaient l'air pures et belles, pourtant une chose en lui n'était pas rassurée, comme si on tentait d'envoyer un écran de fumée pour endormir son instinct. Elles lui demandaient de se tenir prêt, de leur faire confiance, le prévenaient qu'il recevrait des instructions à suivre. Il savait qu'il ne devait pas leur répondre, ne pas croire en elle, et il se réveillait. Là aussi, sans que cela soit dit, il était clair que les forces invisibles avaient passé un accord tacite avec lui et qu'il ne devait pas en parler à sa mère. Alors, l'Enfant se lève, regarde le Vieux-Port par la fenêtre et la lumière bleutée. Il ne fait jamais vraiment nuit au-dessus de la mer, elle vit, elle est éclairée par la lune, il y a toujours un bateau en partance...

Il s'assied devant son petit bureau et ouvre son ordinateur, un vieux Mac que sa mère lui avait donné après avoir acheté le dernier modèle sur un site internet de vente illégale de produits Apple, hébergé à Malte. Depuis plusieurs années, les États-Unis avaient décidé d'interrompre le commerce avec les zones non équipées qu'ils jugeaient dangereuses pour la démocratie et la paix dans le monde. Il fallait trouver des moyens alternatifs pour se procurer des Mac ou des jeans Levi's. La seule chose qu'ils avaient à foison et qui ne se vendait plus chez les équipés, c'était le Coca-Cola. Quand les puces étaient arrivées, beaucoup avaient activé la fonction qui leur permettait d'avoir une vie saine et de supprimer les désirs de nourriture sucrée ou trop riche. L'industrie agroalimentaire avait été l'un des plus gros lobbys antipuces. Puis un scandale avait fini de les achever, un gros producteur de sodas à la mode et de biscuits chocolatés avait payé des sommes colossales pour que certaines puces soient équipées d'une forme de spam qui envoyait des désirs de malbouffe ciblée. Quand le subterfuge fut révélé, le cours de leurs actions s'effondra. Leur directeur général, équipé d'une puce mais certainement pas d'un cœur, réagit vite et décida cyniquement d'axer leur communication en créant un slogan pour leur soda star, « la boisson de la révolution ». Ils étaient désormais implantés dans tous les pays où la puce ne l'était pas.

L'Enfant scrute le port, chaque bateau, leurs détails, les vagues qui clapotent, puis il se lance. Sur son clavier, les mots viennent facilement, il aime correspondre avec Markus, son cousin parisien. Cela le fascine que ce qu'il écrit sous forme de courrier électronique arrive directement dans la tête de Markus. Il a peur de cet autre monde mais il l'intrigue aussi. Markus ne va pas à l'école, n'a pas de devoirs. Sa tête est régulièrement alimentée par la puce de notions qu'il assimile sans même s'en rendre compte. L'Enfant, lui, doit faire des efforts, apprendre, comprendre, échouer et se relever. Parfois, il se demande si tout ne serait pas plus simple avec une puce. Il monterait sur un bateau à voile toute la journée sans avoir à se soucier de ses cours de CM2. La puce régule les peurs et les prédispositions génétiques qui mènent aux angoisses nocturnes sont contrôlées et balancées. Les événements traumatisants sont dirigés directement vers une partie de l'inconscient qui les neutralise. Puis, la puce les traite comme des traumas et les désensibilise grâce à un traitement par mouvements oculaires qui est opéré sans que le sujet ne s'en aperçoive. La puce contrôle les champs électriques et les réactions chimiques dans le cortex insulaire et un des lobes profonds du cerveau afin d'empêcher les cauchemars de s'installer. Elle a permis d'éliminer les mauvais rêves mais, malheureusement, les plus doux et joyeux pour lesquels les mêmes zones du cerveau sont sollicitées pendant la phase de sommeil paradoxal ont également disparu. Markus pose plein de questions à l'Enfant, il n'a jamais rêvé alors il lui est compliqué d'en comprendre la notion. Dans ces moments-là, l'Enfant sent qu'il a lui aussi un pouvoir que son cousin ne possède pas et il se fait un plaisir de raconter.

Certains scientifiques s'inquiètent de l'absence de songes chez les équipés. Il a été démontré que rêver permet aux individus de digérer les émotions accumulées dans la journée. Le stress, la peur ou la joie se traduisent dans le monde onirique sous forme de scènes parfois difficiles à décrire où la gravité et les échelles de temps et d'espace sont perturbées voire inversées. Le rêve permet de maîtriser nos émotions afin de ne jamais nous sentir dépassés lorsque nous sommes éveillés. Dans quelle dimension vivent les rêves morts-nés de Markus ?

***

Quand Ash rentre, Chloé est déjà couchée. Il ne sait pas qu'elle a les yeux ouverts et qu'en elle se bousculent des questions qui ne cessent de solliciter sa puce et sa fonction apaisante. Activée par le stress, elle envoie des ordres pour aider ses fonctions vitales. Sa respiration se règle pour ralentir les battements de son cœur, des neurotransmetteurs sont libérés pour l'aider à reprendre le contrôle. Malgré cela, le visage d'Oona prend toute la place dans la tête de Chloé.

Les mécanismes amoureux ont gardé des mystères que la science ne parvient pas à contrôler parfaitement. Chloé s'en réjouit car il reste une part de poésie dans l'humanité ; Ash pense plutôt qu'il reste des choses à comprendre, des pièges à déjouer. Ils sont si différents, et pourtant de leur union est née une invention révolutionnaire, faute d'enfants.

Malgré l'heure tardive, Chloé était si préoccupée par ses questionnements intérieurs qu'elle ne s'est pas interrogée sur l'absence de son mari. Ash se glisse sous les draps. Chloé tend le bras pour encercler son torse. Mais, comme elle le connaît par cœur, elle sent qu'il retient son souffle et comprend qu'il souffre. Chloé allume alors la lampe de chevet. En un regard, Ash avoue. Chloé soulève le tee-shirt de son mari, l'hématome a envahi la moitié de sa poitrine. Sans un mot, Chloé se lève et va chercher de la pommade à l'arnica. Elle s'assied près de lui et commence à masser sa peau, elle lui donne un calmant, qu'il avale. Puis, ils se dévisagent. Elle est agitée par un mélange d'émotions, les images d'Oona qui ne la lâchent pas et la désobéissance de son mari qui le rend imprévisible. Il la trouve belle, la douleur a réveillé ses sens, il est encore en prise avec l'animalité qu'il s'est autorisée il y a quelques heures. Alors, il l'embrasse comme on dévore quelque chose et elle lui rend ses baisers comme on répond à des coups. Ils n'ont pas fait l'amour depuis des mois. Ils jouissent ensemble, en sueur. Il l'enferme dans ses bras. Chloé s'extrait de son étreinte, elle a besoin d'air frais. Quand elle ouvre la fenêtre, il lui annonce :

— Je vais être ministre de la Santé.

Chloé met un temps à digérer cette nouvelle. Le président l'a donc envoyée en mission délicate à Lyon tandis qu'on proposait les honneurs à son mari.

— Félicitations, finit-elle par articuler.

— J'ai besoin que tu sois ma conseillère.

— Je suis une scientifique, Prix Nobel comme toi, tu te souviens ? Pas ta secrétaire.

— Personne ne remet ça en question. Je serai nommé demain en fin de matinée. J'ai besoin que tu sois là.

— Et moi j'ai besoin de faire des choses qui me transportent. Pas de satisfaire l'image d'un gouvernement dont je ne partage pas toutes les idées.

— Il semblerait que ton voyage à Lyon t'ait secouée.

— N'inverse pas les rôles, je ne suis pas celle qui va chercher le goût du sang en pleine nuit. Je n'ai pas cette violence en moi, Ash.

— Nous avons tous une violence en nous. La tienne s'exprime sans doute ailleurs… Tu crois que tu es un mystère pour moi, Chloé ? Tu crois que je ne sais pas ce que tu vas chercher à Salmacis ? Que je ne sais pas que tu aimes le goût des femmes ? Que tu désactives ta puce pour te perdre dans l'alcool et des seins lourds ? Pourquoi crois-tu que nous n'avons pas d'enfant ? Ça ne vient pas de là, dit-il en touchant son ventre. Ça vient de là…

Et il appuie sur sa tête.

Aussitôt Chloé le gifle. Ash se tient la joue et sourit.

— Pas violente… ?

Son excitation remonte, il lui attrape alors les mains, la plie sur leur lit comme une poupée de chiffon et la pénètre à nouveau. Chloé ne sait pas si elle en a envie, son désir s'est toujours logé dans des lieux qu'elle ne maîtrisait pas. Elle se laisse faire. Et elle aime ça, grâce au visage d'Oona qui la hante.

***

— Oona ?

Elle ne s'attendait pas à rencontrer quelqu'un ni même à ce qu'on la reconnaisse. L'aube n'a pas encore point, la nuit de pleine lune est claire certes, mais elle a encore ses lunettes de natation sur les yeux. Elle les retire. Il lui faut un instant puis elle se rappelle ce père de famille avec lequel elle avait discuté à plusieurs reprises au café près de l'école mais impossible de se souvenir de son prénom.

— Juan. Le papa de Camille.

Assis seul sur la plage des Catalans, Juan prend la serviette qu'Oona avait laissée sur le sable et la déploie comme on ouvre ses bras. Oona se love à l'intérieur et se dit qu'il doit être bon de partager sa vie avec quelqu'un qui nous protège. Elle n'a jamais connu cette sensation. Elle était plus forte que les femmes qui ont traversé sa vie et a toujours été la figure rassurante. Cela aurait pu arriver avec Chloé si le destin en avait décidé autrement… C'est sur cette plage que les deux jeunes femmes avaient échangé leur premier baiser, à cette heure qui précède l'arrivée du jour.

— Vous vous baignez toujours comme ça au milieu de la nuit ?

Elle lui répond que l'eau lui fait du bien, qu'elle avait besoin de réfléchir, qu'elle a peur des vagues et ne se baigne que dans une mer d'huile, sans trop s'éloigner du rivage… Il lui répond que la mer l'apaise aussi et qu'il en aurait besoin ; elle l'encourage à se déshabiller et à se jeter à l'eau, il se contente d'un sourire triste en guise de refus. Il faudra plus que cela pour le consoler… Et ils se séparent en un regard entendu. Quand on est perdus sur un chemin, on se reconnaît.

Oona n'a pas le luxe d'être empathique ce matin. Elle a un rendez-vous secret ou du moins discret dans quelques heures à la pyramide. Tom ne peut être vu avec elle, d'ailleurs sa puce indique qu'il se trouve en Bretagne chez sa mère alors qu'il voit apparaître la ville de Marseille.

Quand Tom arrive en zone libre, il ne peut s'empêcher de sourire. Il a l'impression d'être dans un film d'époque. Dans la cité phocéenne et dans les villes avoisinantes qui résistent à l'implantation de la puce, l'humanité est toujours bigarrée, il y a des joufflus, des dodus, des rougeauds, des poilus, des chauves. Dans les zones équipées, on se nourrit sainement, les fringales sont contenues par les signaux que la puce envoie au cerveau. L'alopécie est prévenue car inscrite génétiquement, elle est détectable et la puce dose la testostérone en amont.

D'après les statistiques, le fait de ne jamais grossir et de ne pas perdre ses cheveux a été une façon de convaincre un grand nombre de gens de se faire implanter, la science a séduit par la futilité…

Il est 7 heures du matin pourtant la ville grouille de vie. Depuis une dizaine d'années, la chaleur a changé les habitudes des gens, on travaille à l'aube, on coupe à l'ancienne pour la sieste aux heures brûlantes de l'après-midi, pour ne ressortir qu'en fin de journée.

J-56

23 mars 2050

Il est amusant de constater que malgré l'instauration d'une VIe République et la révolution technologique des dernières années, la France glorifie toujours la désuétude et les traditions, et a gardé en 2050 des traces du Code napoléonien, des us et coutumes d'un autre temps, des rites protocolaires patriarcaux et un certain goût pour le décorum. Même si la Révolution qui a ajouté du rouge au drapeau français est loin, l'emblème tricolore de la France trône aux quatre coins de la salle, immuable. Rien n'a changé et pourtant tout s'est transformé depuis une trentaine d'années, pense Ash, et il est responsable d'une partie de cette évolution. Il ne sait pas si c'est terrifiant ou exaltant. Sa puce annihile une partie de ses émotions et il parvient à se concentrer quand le Premier ministre fait son apparition et s'apprête à prononcer un discours à l'issue duquel il sera nommé ministre de la Santé. Une partie de lui a du mal à y croire, sa puce n'a pas réglé complètement le fameux syndrome de l'imposteur dont il souffre.

Tous les yeux se posent sur lui et ceux de Chloé le rassurent. Elle est en retrait mais fait en sorte qu'il puisse la voir et sentir son soutien à travers un mouvement de tête. Avoir trouvé son alter ego est sans doute la plus grande réussite de la vie d'Ash. Ce n'étaient pas les algorithmes de compatibilité amoureuse qui avaient décidé de les rapprocher mais leur passion commune. Il la regardait, discrète, rougissante quand on lui adressait la parole tandis qu'il bombait le torse, en demande d'amour. Les moteurs qui les poussaient au succès avaient toujours été différents. Enfant, Ash était un bagarreur, un cancre, sa mère se demandait ce qu'elle allait faire de lui avant qu'il ne soit diagnostiqué haut potentiel. Il se souvient de ce jour où une psychologue lui avait donné le droit d'être différent, avait reconnu qu'il ne pensait pas comme les autres et que cela pouvait être une bonne chose. Il s'était senti compris et accepté pour la première fois. Et dans les jours qui suivirent, une rédaction lui avait valu la meilleure note de la classe et avait procuré en lui une joie indescriptible. Il était rentré à la maison avec l'envie d'être le meilleur partout, d'écraser les autres de sa force intellectuelle et non plus physique.

La violence de son enfance avait ressurgi ces dernières années. Sa mère avait alimenté sa rage de vaincre, et l'avait poussé à s'entraîner comme un animal de combat, son fils était le véhicule de sa revanche sociale. Une longue psychanalyse avait servi à ce qu'Ash comprenne de quoi il était fait mais pas forcément à en guérir. Il aimait ce mécanisme en lui, d'où qu'il vienne, il était une grande part de son identité. Pourtant, la machine semblait enrayée depuis son Nobel. Il avait du mal à l'admettre mais il se sentait bloqué, incapable de dépasser cette invention, humilié par l'image figée de cette récompense qui le regardait de haut et le laissait coincé là, au milieu de sa vie, comme s'il ne pouvait pas faire mieux que ce qu'il avait déjà été.

Chloé avait de grandes ambitions pour aider au bien de l'humanité mais elle s'était toujours sentie faire partie d'une équipe de chercheurs et n'avait jamais endossé les honneurs personnellement ; elle se sentait fière et pourtant avait parfois le sentiment de n'être qu'un rouage quand on la félicitait et parlait toujours d'un travail collectif. Elle était méticuleuse et satisfaite quand elle résolvait une équation mathématique. Elle aimait trouver des solutions, faire en sorte que le monde soit harmonieux, que les choses ne soient jamais bancales mais en équilibre comme le veut l'état naturel de la physique. C'est la tristesse face à la maladie de son père mais aussi la colère face à l'injustice qui avaient décuplé ses capacités et son désir et lui avaient permis de faire cette découverte révolutionnaire. Au début des recherches sur les interfaces électro-cérébrales, les scientifiques avaient des objectifs similaires. En travaillant à faire interagir le cerveau humain avec un dispositif numérique tel qu'un ordinateur, ils cherchaient à contrôler l'organe le plus abstrait de notre corps mais aussi à le comprendre. Le cerveau restait un inconnu que beaucoup de médecins souhaitaient maîtriser afin de cerner les contours de nombreuses maladies et également le phénomène inéluctable de la vieillesse. Dans cette recherche stimulante de maîtrise du comportement du cerveau, la société de Musk avait des motivations différentes de celles de l'équipe d'Ash et Chloé. Alors que Neuralink espérait en priorité augmenter les capacités cognitives des êtres humains, Ash et Chloé étaient déterminés à traiter la maladie d'Alzheimer. Le cerveau est une centrale électrique et chimique dans laquelle des courants se propagent entre neurones et autres cellules, soutenus par des réactions biochimiques, pour transmettre de l'information mais aussi pour la traiter. Les scientifiques ne pouvaient pas tout expliquer mais ils comprenaient que ces communications électriques entre le cerveau et un ordinateur pouvaient permettre de freiner les maladies neurodégénératives, voire de les éliminer. *A priori*, l'idée était simple : placer dans le cortex et dans les ganglions de la base du patient atteint d'Alzheimer une, voire plusieurs puces électroniques qui capteraient les signaux neuronaux du patient en temps réel. Ces signaux seraient ensuite transmis à un ordinateur qui les analyserait pour envoyer en retour à la puce un signal modulé censé annuler les symptômes de la maladie, cela, entre autres, par la stimulation de réactions chimiques. Ash et Chloé savaient que même avec un système performant, il faudrait un temps d'adaptation et d'entraînement du cerveau à fonctionner de la sorte, mais leurs espoirs étaient grands et la motivation de Chloé venait du fond du cœur, elle devait sauver son père.

Au début des années 2020, Neurolink conduisait des essais sur des primates en collaboration avec l'université de Californie de la ville de Davis. À l'époque,

Chloé avait été marquée par une vidéo qui fit le tour des réseaux sociaux, montrant un singe en train de jouer à Pong par la pensée grâce à des signaux électriques transmis à distance à l'ordinateur. Le magnat des neurosciences déclara avoir réussi à connecter le comportement du cerveau du primate avec la machine. *Musk, l'homme qui lit dans la pensée des singes* faisait les gros titres des journaux. Chloé avait de l'admiration pour une part du génie de l'ingénieur superstar et ses talents de communicant mais elle n'aimait pas son comportement arrogant ni son ambiguïté politique. Même après son succès, Chloé préférait le calme de son laboratoire aux questions des journalistes, elle avançait sans fracas. Ash en revanche espérait que la réussite de Neuralink lui permettrait de prendre la lumière à son tour. L'idée du succès était son injection d'adrénaline. En février 2022, les projecteurs braqués sur Musk commencèrent leur surchauffe, la société californienne fit la une des journaux après l'annonce de plusieurs singes tués au cours d'une expérience. Deux macaques n'avaient pas survécu à l'opération chirurgicale d'implantation de la puce, d'autres avaient été euthanasiés comme le protocole expérimental l'avait prévu pour étudier l'état des tissus après l'opération et des données histologiques primordiales. Nombreux étaient morts dans d'atroces souffrances après des vomissements, des hémorragies cérébrales, des pertes de membres parfois dues à des automutilations inexplicables. Neuralink affirmait être en accord avec la réglementation américaine mais il restait trop d'inconnues selon les associations de protection animale.

Les défis étaient encore nombreux. La simple position des puces dans le cerveau était en soi une question à laquelle il était difficile de répondre. Dans le cas de la maladie d'Alzheimer, comme les démences, il était difficile de réaliser des expériences sur des animaux car ce sont des maladies propres à l'être humain. Mais des modèles de rats génétiquement modifiés ainsi que des poissons-zèbres couramment utilisés comme modèles pour l'activité cérébrale permirent néanmoins à Ash et Chloé d'avancer avec plus de discrétion et plus de résultats. En 2034, une revue de renommée internationale publia une de leurs études. En collaboration avec plusieurs centres hospitaliers universitaires européens, leur équipe fut la première au monde à mener avec succès une étude clinique de l'efficacité de la puce sur deux espèces de mammifères. Les articles de presse sur le laboratoire se mirent à pleuvoir ainsi que les fonds de donateurs privés qui voyaient dans les travaux du couple une solution tant attendue à cette maladie désastreuse. Les caractères de Chloé et Ash se dessinèrent clairement, il n'hésitait pas à prendre la parole pour expliquer leurs résultats. Chloé, en retrait, remerciait toujours son équipe et les centaines d'études qui avaient précédé leurs travaux, parfois des décennies en arrière et sans lesquelles ils n'auraient pas réussi. Musk salua publiquement leur travail. Beaucoup dirent que la réussite d'Ash et Chloé était due au fait qu'ils s'étaient attaqués à un problème plus précis que celui de leur concurrent américain et avaient ensuite élargi leur spectre. En tout cas, ils avaient été les premiers à dépasser les obstacles de ce projet vertigineux, avec une industrialisation à la clé. Depuis cette première publication dans *Nature Medicine*, nombreux étaient les chercheurs qui s'intéressaient à utiliser l'approche d'Ash et Chloé pour traiter d'autres maladies neurodégénératives telles que la maladie de Parkinson ou la démence à corps de Lewy, par l'usage d'interfaces électro-cérébrales. Des puces électriques en combinaison avec des traitements médicamenteux existaient déjà depuis les années 2000, grâce aux efforts de deux autres Français, pour atténuer les symptômes de la maladie de Parkinson, mais elles ne la ralentissaient aucunement. La puce d'Ash et Chloé la fit disparaître pour toujours.

Tom était placé au deuxième rang des invités, aux côtés de la mère de Chloé. Ils se connaissaient depuis leurs étés d'enfance au Touquet, où leurs familles se retrouvaient chaque année. C'est là qu'il avait fait la connaissance d'Ash, avant que Chloé ne le présente à la famille. Il fut étonné par la passion qui émanait de leur couple et dont il croyait Chloé incapable. Lui qui l'avait embrassée un soir d'août, dans leurs émois d'adolescence sans qu'elle paraisse ni apprécier, ni le rejeter, et à qui elle avait simplement dit : « Je crois que ce n'est pas pour moi. » Cette phrase avait hanté Tom longtemps. Qu'est-ce qui n'était pas pour elle ? Lui ? les hommes en général ? l'amour ? Il ne comprenait pas comment cet homme avait su ravir son cœur, comment Ash, lui, était fait « pour elle ».

Tom appréciait certaines qualités évidentes d'Ash mais sans admiration particulière. Instinctivement, il attribuait une grande partie du Nobel à Chloé, sans doute par jalousie ou défiance, mais c'était ainsi. Le désir insatiable de pouvoir d'Ash avait toujours mis Tom mal à l'aise.

Le Premier ministre continue son long discours et mentionne l'entrée en Bourse d'Horizon, les nouveaux travaux de recherche sur la maladie de Charcot et le protocole d'équipement chez le nourrisson, ainsi que ce duo extraordinaire qu'Ash forme avec Chloé et qui fait selon lui la fierté des Français à travers le monde. « Pas sûr que les Marseillais partagent cet avis », pense Tom qui réfrène un sourire et croise le regard d'un conseiller du président apparemment surpris de le voir ici. Même si Tom est une figure identifiée et respectée, il est rare qu'il fasse des apparitions dans les événements mondains. Aux yeux de beaucoup, il reste un pirate informatique. Malgré la méfiance, le président de la République tient à s'entourer de plusieurs hackers afin d'être protégé de ceux qui sévissent en zone blanche et le mettent en danger. En théorie, Tom fait partie de cette armée invisible et personne ne peut se douter qu'il est aussi proche de la résistance marseillaise qu'il l'est du cœur du pouvoir. Tom est relié au système informatique ministériel, *via* sa montre connectée à sa puce qui fait le pont avec le serveur situé chez lui ; aussi, comme un scanner, il n'a qu'à le regarder pour avoir toutes les informations possibles sur celui qui attend sa nomination ministérielle. Il note un taux d'adrénaline relativement élevé, ce qui n'est pas surprenant. Il se connecte à Chloé, son numéro est celui qu'il trace le plus souvent dans la base. Il a été obligé de la pirater car elle se confiait de moins en moins. Même hackée, Chloé reste imperceptible, Tom l'observe. Parfois, il s'imagine devenir son amant, il aurait peut-être des confidences sur l'oreiller. Elle est assise au premier rang, à côté de Marina Gomez, la présidente portugaise de la Banque centrale européenne de passage à Paris, afin de discuter avec le président du possible plan de sauvetage des banques italiennes car une débâcle chez leurs voisins non pucés pourrait avoir des conséquences désastreuses. Entre « puissants », ils avaient pris l'habitude de parler des pays en rupture en les qualifiant de séances de « baby-sitting », avec une arrogance que Tom méprisait. Le président souhaitait lui faire rencontrer son prestigieux ami, Prix Nobel et nouveau ministre de la Santé, qui allait ramener à la raison ces citoyens européens perdus en acceptant la puce, et faire oublier sous peu ces plans de sauvetage obsolètes. L'Italie était l'un des pays qui avait le plus souffert économiquement après avoir rejeté la révolution scientifique. Depuis l'avènement peu conventionnel du parti Cinq étoiles, la façon de faire de la politique s'était modifiée en profondeur en Italie et plutôt que de proposer ou d'innover, on réagissait aux complaintes et répondait aux demandes les plus absurdes pourvu qu'elles fassent le buzz sur Internet, on gouvernait aux « likes ». Étrangement, ceux qui avaient si peur de la technologie se retrouvaient presque à terre par sa faute.

Tom tente de se connecter à la puce de Marina Gomez qu'il a déjà piratée quelques jours auparavant alors qu'elle était en déplacement en Espagne, mais après deux essais ratés dans la salle des fêtes, il s'interroge. Serait-il possible que la présidente ait un numéro flottant ? La grande majorité des chefs d'État voyaient leur identité chiffrée changer toutes les vingt-quatre heures pour sécuriser leurs déplacements, leurs rencontres, discussions et réflexions, mais à sa connaissance et malgré la logique, ce n'était pas le cas de la présidente de la Banque centrale européenne. Il doit être mal renseigné car après s'être touché le crâne comme si elle ressentait une douleur, un des collaborateurs de Marina Gomez alerté par celui qui semble être son garde du corps lui fait un signe de quitter le lieu immédiatement. Malgré sa gêne, elle s'exécute sans négocier et alors qu'elle évacue la salle en essayant de rester discrète, un des deux agents de la présidente marche discrètement derrière les rangées, un petit tube orange à la main. Tom reconnaît le gadget, c'est la société Neuralink qui l'a développé. C'est un capteur de signal à fréquence modulée qui a pour but de détecter les signaux étrangers. Pour Tom, il n'y a aucun doute, ils le cherchent. En une pensée dirigée vers son poignet, il se débranche du système puis de son serveur pour enfin déconnecter sa montre. Le stick orange se rapproche de lui, mais s'éloigne aussi vite. Tom inspire profondément, quand la mère de Chloé lui prend le bras et lui chuchote :

— Ça me rappelle la cérémonie du Nobel, pas toi ?

Tom acquiesce et lui sourit en plaçant sa main sur l'avant-bras. Le conseiller qui le regarde encore plus suspicieusement depuis l'évacuation semble s'apaiser et comprend que Tom est un proche.

Ash a revu toute son histoire en accéléré. Le discours du Premier ministre était accompagné de données et de clichés photographiques sur son parcours projeté en trois dimensions dans la salle, alors, quand il monte sur scène pour accepter de dire quelques mots et recevoir officiellement le titre de ministre de la Santé, il regarde Chloé et il est ému.

***

Chloé a pris un jour de vacances. Cela paraissait encore étrange aux anciens qui se souvenaient des départs avec des valises chargées, la douane, la cohue, mais pour les équipés, une simple journée avait un effet merveilleux sur la santé. C'est la puce elle-même qui alertait sur un besoin de repos, comme on prévient qu'un ordinateur est en surchauffe. Des neuroscientifiques avaient travaillé pour que la puce Horizon confère l'impression de partir tout en restant allongé dans son salon, la sensation du sable sous les pieds, des vagues sur la peau, des odeurs et faisait même ressentir le bien-être d'un dépaysement. Il était possible de choisir une destination, en sentir les parfums, en écouter la langue et la comprendre ou pas selon l'émotion qu'on voulait faire naître en nous. On pouvait programmer une aventure d'un soir, sentir des mains sur sa peau, ressentir un orgasme et reprendre conscience chez soi rassasié, reposé, repu. La puce évitait la fatigue des déplacements, annulait la trace carbone et la propagation possible des virus. La population mondiale était encore traumatisée. Après la pandémie de 2020, rien n'avait été fait pour prévenir de la possible propagation d'un nouveau virus et l'année 2041 commença avec fracas. En janvier, on détecta aux Caraïbes un virus mortel, version aggravée du Zika, touchant le système nerveux et transmissible par l'homme. Deux jours après, quelqu'un en mourut au Mexique près de la Riviera Maya. En seulement quelques semaines, cela se transforma en épidémie mondiale. Contrairement au Coronavirus, celui-ci touchait principalement les enfants et les adolescents avec un taux de mortalité élevé. Depuis la pandémie de 2020, la plupart des chefs d'État avaient mis en place un système ingénieux afin d'exploiter de manière automatique les données provenant des hôpitaux et des collectivités locales pour orienter leurs décisions sanitaires et économiques, et l'adapter à la volée. Ils se pensaient donc prêts à affronter cette nouvelle menace virale, mais une inconnue s'invita au récit : le piratage des données officielles. Dans le but de transmettre aux gouvernements des indicateurs faussés, un ennemi extérieur pirata les bases de données ainsi que les flux d'informations. En parallèle, ces mêmes hackers avaient pénétré le fonctionnement des puces des équipés dans le but d'altérer la collecte des constantes physiologiques comme la température ou le taux d'oxygène ou encore brouiller les informations reçues par la puce pour des traitements médicaux ciblés. Cela entraîna des pertes bien pires que la crise de Covid-19. Les algorithmes censés assister la logistique des urgences répartirent des patients de manière désordonnée, créant des lieux d'étranglement, les urgences du centre hospitalier d'Orléans étaient saturées et l'hôpital Cochin désert. Le pays en confinement partiel, qui pensait être dans le creux de la vague, rouvrit les lieux publics trop tôt, en particulier les écoles. Ils levèrent la distanciation sociale alors que la propagation était en réalité à son taux le plus élevé. Le nombre d'enfants touchés par ce virus fut multiplié par quatre en quelques jours, les décès en cascade mirent en deuil tout un pays et déclenchèrent la colère des citoyens face à des dirigeants politiques en apparence incompétents. Le personnel soignant était en rage car il ne comprenait pas la politique du gouvernement en quadrature avec leur quotidien du terrain. À l'opposé, d'autres nations pourtant en sortie de crise pandémique, dont les États-Unis, le Mexique et le Brésil, orientèrent maladroitement leurs citoyens à se confiner, faisant couler des milliers d'entreprises en inactivité forcée alors que le reste de l'économie mondiale ne cessait de tourner.

Aucun coupable n'avait été identifié officiellement. Tom avait été mandaté par le ministère de la Défense pour mettre en place un service de contre-piratage avec les meilleurs ingénieurs du pays en coordination avec le reste de l'Europe. Il avait pour mission de désarticuler les flux informatiques piratés pour en trouver la source. Les signaux analysés provenaient tous de Corée du Nord. Tom se souvenait encore de l'excitation qu'il avait ressentie en divulguant le nom du criminel au président. À cette échelle, on pouvait parler de crime contre l'humanité. Si cela avait été révélé, toutes les nations infectées par le virus se seraient soulevées, mais les relations privilégiées que la

Corée du Nord entretenait avec la Chine empêchèrent l'information de sortir. Les choses furent réglées dans l'ombre, un contrat secret fut passé et la France négocia pour le compte des Américains une vente colossale d'Hyperloop ainsi qu'un contrat d'exclusivité avec la puce à venir. Le président français apporta les deux informations en même temps à son allié américain qui, comme le voulait la loi tacite de son pays, se rangea du côté de l'argent.

L'Europe et l'Amérique du Nord restaient prudentes face à la Chine, l'une des plus grosses puissances économiques du monde mais également un des plus gros clients des technologies produites par ces deux continents. De multiples actions de la part des gouvernements européens permirent de convaincre les lanceurs d'alertes qui faisaient partie de l'équipe de Tom de ne rien tenter, certains furent muselés de façon plus menaçante. On fit comprendre à Tom qu'un accident était vite arrivé et il en souffrait encore aujourd'hui. Depuis qu'il avait réalisé le peu de champ d'action qu'il avait en travaillant aux côtés de ceux qui détenaient le pouvoir, il avait décidé de se jouer d'eux et de ne jamais se laisser dicter son comportement par une puissance ou une autre, personne ne réinventerait sa morale. Après cet événement et sa discrétion, on avait augmenté ses responsabilités. Depuis un an, en plus d'Hyperloop, il travaillait dans un groupe de recherches qui surveillait les dangers possibles et échangeait des informations dans des domaines divers afin de ne rien laisser au hasard.

Les pandémies et les piratages ne sont pas les seules craintes des États. Depuis 2030, les ressources en eau potable se sont raréfiées à certains endroits de la planète, ce qui a déclenché des migrations massives et des conflits locaux qui ont ravagé des populations déjà fragiles et entraîné les premières guerres de l'eau. D'autres zones du monde plus favorisées économiquement mais tout aussi dépourvues d'eau douce comme dans le Sud des États-Unis ou les Émirats arabes étaient devenues des gouffres financiers et écologiques dont l'activité humaine sans aucune considération environnementale avait eu des conséquences critiques sur le reste du monde. Face à ces crises de plus en plus fréquentes et dangereuses, les populations équipées acceptèrent sans hésiter d'intégrer à leur puce un système qui orientait leurs comportements dans le but de réduire leur impact environnemental. En 2050, plus personne ne prend de bain, on réduit la durée des douches, la plupart des équipés sont végétariens ou limitent leur consommation de viande ou de poisson, on privilégie la marche et les transports en commun, on trie ses déchets tout en réduisant les emballages chez l'épicier où on achète uniquement des produits locaux. La mode a ralenti son rythme de production de collections face à des équipés qui n'achètent plus de manière compulsive et qui privilégient le besoin à l'envie. En quelques années, toutes les marques se sont tournées vers des basiques aux couleurs sobres et élégantes sans aucune extravagance conçus pour durer longtemps. Le bleu marine, le beige, le noir, le gris et le blanc composent la nouvelle palette des grandes maisons de couture.

La puce avait permis de réduire de manière significative la consommation énergétique et l'empreinte carbone des citoyens. Associé à des politiques publiques ambitieuses et innovantes comme celles portées sur les nouveaux générateurs d'énergie, le déplacement de l'information par la lumière ou encore les nouveaux modes de transport collaboratif fonctionnant grâce à l'ensoleillement, ce nouveau monde donnait l'espoir de pouvoir sauver la planète que des générations entières auparavant avaient dévorée sans prendre conscience de sa fragilité. En France, comme dans beaucoup d'autres régions du monde, ce décalage avec les populations situées en zone blanche avait alimenté une intolérance épidermique chez les équipés qui rejetaient encore davantage le positionnement et les agissements de ces « criminels écologiques ». Des termes utilisés par Greenpeace qui avait décidé très vite de s'allier aux équipés pour le combat pour l'environnement, la cause animale ou encore la défense des droits humains. La disparition des discriminations et des inégalités sociales avait elle aussi résonné chez les militants.

***

Il est 2 heures du matin quand le conseiller principal du président français demande au personnel de l'Élysée de le réveiller en urgence. Grégoire Horeau se lève, récupère sa robe de chambre sur le fauteuil Louis XV au pied du lit et l'enfile à toute vitesse pour rejoindre son conseiller principal dans le couloir. Il est divorcé, son ex-femme ne supportait plus son arrogance et ses aventures. Si seulement ils avaient attendu que leurs puces soient installées, ils auraient sans doute pu anesthésier ses désirs ou leur désamour, peut-être même s'apprécier à nouveau. Mais trop tard, c'est seul qu'il se lève en urgence.

Ash est réveillé un instant après. Certaines puces sont programmées pour faire basculer à la demande les cerveaux de leurs propriétaires vers la pleine conscience. C'est l'Élysée, il lui est demandé de s'habiller et de venir immédiatement. Chloé dort à poings fermés. Il ne la réveille pas. Il comprend, comme instinctivement, qu'il doit porter une tenue à la hauteur de sa fonction, aussi revêt-il un costume. Il descend et s'engouffre dans l'engin autonome qui l'attend en bas de chez lui.

Il est 20 heures sur la côte est des États-Unis. Normalement, seuls restent quelques fonctionnaires à cette heure-là, pourtant la Maison-Blanche ne désemplit pas. La tension est partout, on sait que le gouvernement est en alerte mais personne ne sait de quoi il s'agit. Même dans le cœur du secret, il y a des secrets plus grands. La présidente américaine a demandé que l'on contacte ses homologues dans plusieurs pays alliés, une conférence internationale doit avoir lieu dans moins d'une heure.

Le président français est prêt et on lui explique ce qui se passe alors qu'il marche vers la salle de crise.

— Monsieur le Président, on vient de recevoir une demande de contact de la présidente des États-Unis, ils ont des nouvelles à nous annoncer sur l'étude des scientifiques du SETI. Il semblerait que ça arrive. Pour de vrai.

Des informations importantes nourrissent son cerveau instantanément pour l'aider à comprendre plus vite : le SETI est le centre américain de recherche d'intelligence extraterrestre créé en 1984 à Palo Alto dans l'État de Californie, situé dans la baie de San Francisco. Sa mission est d'identifier dans l'univers toute trace d'intelligence, sous toutes ses formes actuelles et passées. Le SETI s'est fait fortement connaître dans les années 2030 en collaborant avec la compagnie SpaceX d'Elon Musk, pour ses recherches d'intelligence martienne ayant existé il y a plus de cent millions d'années.

Cela, Ash le sait parfaitement. En revanche, il est moins familier avec les sous-sols de l'Élysée qu'il traverse pour la première fois. Sur les trois cent soixante-cinq pièces du bâtiment, quatre-vingt-dix étaient jadis en sous-sol et les employés de l'atelier de reprographie ou du bureau des drapeaux y opéraient comme des rats dans des tunnels, toute la journée à la lumière artificielle. En 2030, on les déplaça à deux rues d'ici et les sous-sols furent transformés en bunkers. L'air y est pur et la température agréable, ce qui contraste avec l'environnement parisien qui semble s'alourdir davantage chaque été. Pour aller d'une salle à l'autre, il faut prendre de longs corridors qui surprennent les novices du palais, on ne vit plus dans une époque où on perd son temps, d'ailleurs tous les couloirs ne sont pas raccordés entre eux comme s'il fallait accepter de se perdre pour mieux se retrouver. Le président les nommait les couloirs « madeleines » en hommage à Marcel Proust et à son temps perdu… Ash suit les pas du ministre de l'Intérieur avec lequel il est arrivé quelques minutes auparavant. Il se souvient des chemins sous le campus de l'université où il avait étudié et qui l'avait transformé. Seuls les initiés connaissent les passages secrets du Massachusetts Institute of Technology. C'est le professeur Joannopoulos du département de physique qui lui avait fait découvrir ce labyrinthe souterrain à l'occasion de la première tempête de neige qui suivit son arrivée sur le campus de Nouvelle-Angleterre. Depuis, Ash prenait systématiquement ces artères cachées du monde extérieur, pour rejoindre un bâtiment en évitant le vent glaçant de l'hiver et l'humidité brûlante de l'été. Ash passa plusieurs années au MIT près de Boston aux États-Unis, pour travailler sur une nouvelle génération de nanorobots pour l'administration de médicaments. Ce labyrinthe élyséen lui semble si familier qu'il se demande si chaque dédale ne cache pas un code. Tout transformer en défi scientifique le rassure et le prépare en douceur à sa première réunion de crise. Ce n'est pas le rôle d'un ministre de la Santé et le ministre de la Défense retient une remarque en voyant Ash prendre place mais le président veut l'avoir à ses côtés ; le sujet est bien trop sensible et technologiquement pointu pour laisser Ash, Prix Nobel de médecine et grand scientifique et ingénieur, de côté.

— Mesdames et messieurs, je vous remercie de nous avoir rejoints si rapidement.

Une dizaine de chefs d'État sont réunis, dont les présidents allemand, japonais et chinois. En plus des ministres de la Santé et de la Défense, le président français est assisté de celui des Affaires étrangères et le maître de la place Beauvau. Ils prennent place autour d'une table rectangulaire massive au centre de laquelle les hologrammes des autres participants se révèlent. Ash est assis dans un fauteuil en cuir noir dont la fraîcheur atténue ses douleurs au dos, le combat l'a marqué de bleus sur tout le corps.

Salma Edwood, la présidente des États-Unis d'Amérique, prend un ton solennel :

— Laissez-moi vous présenter le docteur Michael Osipov qui dirige le SETI.

Sans attendre, un homme d'une cinquantaine d'années au visage grave et étrangement balafré prend la parole :

— Comme vous le savez peut-être, le SETI possède un télescope laser embarqué dans la station en orbite nommée Elaïde à plus de 600 kilomètres de la Terre. Sa position en dehors des couches stratosphériques nous permet de faire des observations avec une meilleure précision. Il y a quelques mois, une de mes équipes a capturé ce qui semblait être le simple signal d'une étoile mais s'est révélé être bien plus étrange et plus complexe. Nous avons pris conscience que ce signal interagissait avec le télescope. Quand les paramétrages du télescope étaient modifiés soit de manière automatique soit par les ingénieurs, le signal s'adaptait en retour.

Le président français lâche un sarcastique :

— *Can you translate ?*

— Quand un signal est capturé, le télescope modifie automatiquement ses paramètres afin d'affiner la détection. Nous sommes souvent amenés à faire ce genre de modifications nous-mêmes à distance. Dans ce cas précis, le signal se modulait de manière significative à mesure qu'on agissait sur le télescope. Dit autrement, la source de ce signal communiquait avec le télescope, donc avec nous. Depuis cette observation, plusieurs de mes équipes se sont penchées sur ce signal qui s'accentuait chaque jour un peu plus. Le docteur Elizabeth Roberts qui dirige l'une de ces équipes a soumis l'hypothèse d'une intelligence extraterrestre qui se déplace en direction de la Terre. Ses arguments sont crédibles. Tout d'abord, elle a démontré après plusieurs expériences poussées que les interactions étaient le fruit d'une intelligence et non d'un phénomène physique particulier ou d'un système aléatoire. D'autre part, le docteur Roberts a pu estimer la vitesse à laquelle cette intelligence se rapproche de la Terre par un calcul sur la différence d'intensité du signal dans le temps. Nous ne savons pas à quoi cette intelligence ressemble mais nous savons qu'elle arrive.

La présidente des États-Unis l'interrompt poliment.

— Une intelligence extraterrestre se rapproche de la Terre et elle est rapide. Très rapide.

— Une estimation ?

— D'après le docteur Osipov et son équipe, l'intelligence avancerait à presque un kilomètre par seconde. Docteur, je vous laisse poursuivre.

— Selon nos calculs, il y a trois semaines, quand Elaïde a détecté le premier signal, l'intelligence était à plus de douze millions de kilomètres de la Terre. Avec une telle vitesse, si elle ne modifie pas sa trajectoire, elle atteindrait notre planète dans approximativement quatre mois. Nous sommes confiants dans nos calculs car le signal était net et facile à analyser. Nous n'avons observé aucun changement de vitesse depuis.

Ash glisse un mot dans l'oreille du président qui se tourne alors vers la présidente des États-Unis :

— Avez-vous évalué tous les scénarios possibles ? Commençons par le pire, s'il vous plaît.

— J'ai en effet demandé au docteur Osipov et ses équipes de réaliser un travail prospectif, ce qui les a menés vers une batterie de tests pour mesurer les réelles capacités de cette intelligence extraterrestre.

La présidente fait signe au docteur Osipov qu'il peut énoncer ses conclusions.

— Cette intelligence a des capacités calculatoires bien plus puissantes que toutes les machines de notre planète réunies en une seule technologie. Elle démontre également une aptitude à capturer les émotions d'êtres humains et à anticiper les faits de dix heures avec une certaine clairvoyance. Nous ne connaissons pas encore les raisons mais nous pensons à une gestion différente de l'espace-temps. Là où nous avançons sur une ligne droite, ils pourraient avoir la capacité d'avancer dans le temps, disons… en spirale.

La présidente américaine reprend la parole.

— Pardonnez-moi d'être triviale mais nous communiquerons les détails scientifiques ultérieurement, il nous faut résumer pour agir. Sans connaître les intentions de cette entité, nous savons qu'elle est bien plus forte que nous. Si je vous ai appelés aujourd'hui, c'est que je pense qu'elle pourrait nous vouloir du mal.

Le président français se retourne discrètement vers son ministre de l'Intérieur situé à sa droite et lui glisse :

— Tu parles, si cette force avait eu de bonnes intentions, ils se seraient bien gardés de nous le dire et l'auraient utilisée contre nous.

Ash qui est assis à la gauche de son ami, suffisamment près pour tout entendre, lui fait signe de calmer ses pensées. La présidente américaine attend vraisemblablement le soutien oral du président français. Depuis la conquête technico-médicale de la France grâce à la puce développée par Ash et Chloé, le pays, et en particulier son président, a retrouvé une certaine aura vis-à-vis du reste du monde. La France, qui avait gardé son arrogance du siècle des Lumières, n'était quasiment plus rien sur l'échiquier international il y a encore quinze ans, et voilà que cette découverte l'avait ramenée au premier plan. Un nouveau siècle des Lumières, moqué par les résistants qui appelaient cela le siècle crépusculaire.

Le docteur Osipov reprend :

— À plusieurs reprises, cette entité a tenté de faire exploser nos systèmes de contrôle installés sur Terre. À chaque fois, un composant de notre salle de surveillance a pris feu. Une forme de puissance magnétique hors du commun a endommagé les circuits électroniques. Cette force est capable de cibler précisément un point sur la Terre, aucun des satellites en orbite n'a été touché par exemple. Elle ne s'est pas encore attaquée aux systèmes embarqués dans Elaïde, comme si elle souhaitait qu'on continue à la suivre. Nous avançons lentement car nous ne comprenons pas tout, c'est comme découvrir un nouveau langage. Mais une chose est sûre, même si elle n'avait pas d'intention de nuire, cette intelligence en a les capacités du fait de sa puissance électromagnétique incroyable.

Le président japonais interrompt le docteur et interroge la présidente des États-Unis sur les motivations de cette entité. On sent que Salma Edwood a peur de sa propre réponse :

— Elle peut venir sur Terre en exploration, chercher une nouvelle planète à coloniser. Si c'est le cas, on imagine bien que cette intelligence extraterrestre n'aura aucune raison de nous garder en vie…

La présidente marque une hésitation et Ash ne peut s'empêcher de penser au pire et de le formuler :

— … sauf à nous utiliser comme esclaves ou comme source de nourriture par exemple.

— Nous n'avons pas de certitudes mais nous avons tout imaginé, dit le docteur Osipov, dont les mains tremblent légèrement.

Sans attendre la fin de l'intervention, plusieurs chefs d'État réagissent en faisant des signes à leurs ministres comme pour leur indiquer l'urgence de la situation et les mettre au travail.

La présidente reprend la main :

— La deuxième hypothèse est que cette intelligence souhaite comprendre notre civilisation. Pour cela, elle peut tout à fait nous capturer et nous utiliser comme cobayes pour des expériences inimaginables. Vous devez comprendre qu'elle n'est pas comme nous, elle n'a pas la même histoire. Elle n'a peut-être aucune morale.

Le chancelier allemand l'interroge sur l'existence d'un plan anticipé par les États-Unis. Elle clarifie : dans un premier temps, il faut identifier la forme et la taille de cette chose, puis prédire sa trajectoire et sa destination exacte sur notre planète. En parallèle, il faut concevoir un plan pour attaquer cette intelligence en dehors des couches stratosphériques afin de la détruire avant qu'elle n'atteigne notre planète. La présidente Salma Edwood sait qu'elle aura besoin de l'union des forces scientifiques et militaires des puissances mondiales. Cette discussion fait partie de sa stratégie. Tous les chefs d'État s'accordent sur la mise à disposition des moyens humains et matériels afin de lutter contre cette force extraterrestre. Le président chinois demande néanmoins à récupérer l'ensemble des informations collectées jusqu'ici afin de demander confirmation aux astrophysiciens de son pays.

— Je n'y vois aucun problème. L'ensemble des données sont sur une plateforme de la défense américaine, qui vous est ouverte dès à présent. Un code est associé à l'identification biométrique de chacun d'entre vous *via* votre puce.

Elle reprend sur un ton plus dramatique :

— Je sais que les dernières décennies n'ont pas toujours été dans le sens de la collaboration mais je vous supplie de vous allier les uns avec les autres pour faire bloc face à cet ennemi mystérieux. Nous allons y arriver, j'en suis persuadée. Pour cela, il faut écouter la science. Et que Dieu nous sauve.

— Tiens, Dieu, le revoilà, murmure le président français avant de sourire à Ash dont il connaît le sentiment sur les religions qu'il juge toutes asservissantes et à contre-courant de la science.

Alors que la puce a éliminé toute forme de croyances inutiles, Dieu est resté omniprésent dans les discours officiels américains, un paradoxe culturel qui n'étonne personne ayant vécu aux États-Unis.

Il est un peu plus de 5 heures du matin à Paris quand des boissons chaudes et des vitamines sont déposées par le personnel du palais, sur la table à manger de l'Élysée. Un Conseil des ministres exceptionnel est sur le point de démarrer.

★★★

Chez les pucés, la rationalité, le besoin de preuves ne laissent aucune place aux croyances, qu'elles soient religieuses, spirituelles ou ésotériques. On ne peut simplement pas croire en Dieu, en l'astrologie ou au père Noël quand on est équipés. Il faut des démonstrations logiques. Les nombreux lieux de culte parisiens, églises, mosquées et synagogues sont reconvertis : halls de méditation et de yoga pour certains, grands restaurants pour d'autres, piscines surplombées de vitraux ou encore stockage de données. On a aussi gardé certains grands espaces pour en faire des laboratoires d'implantation de puces pour des bébés âgés de quelques jours à peine. Les nouveau-nés sont désormais baptisés à la technologie. Les équipés sont libérés de tout asservissement dogmatique au détriment d'une spontanéité calibrée de façon à faire battre le cœur juste un peu plus fort par moments. À Marseille, en revanche, lieu de toutes les libertés mais aussi de toutes les émotions, les pratiques ésotériques et spirituelles se sont démultipliées. Il n'est pas rare de s'arrêter en pleine rue pour une lecture rapide des lignes de la main… On consulte voyants, numérologues, cartomanciennes, diseuses d'avenir en tout genre. L'une d'entre elles, un mage né homme et qui dit avoir été transformé en femme peu à peu par le souffle de la vie, se fait appeler la Pythie. Elle est consultée par tous les puissants de Marseille. Oona a rendez-vous avec elle aujourd'hui pour la première fois.

Le jour se lève à peine, il fait encore bon. Oona profite de la brise douce sur son visage. Malgré la sécheresse, la cascade des Aygalades coule toujours au cœur du XVe arrondissement, comme par magie. C'est à son pied qu'il faut se tenir pour recevoir une bénédiction des mains d'un être au visage masqué puis pénétrer la grotte où vit la Pythie. On ne peut s'y rendre accompagné, il faut descendre sans aucun outil technologique, aucun moyen de l'enregistrer ni de la photographier. Oona prend une grande inspiration. Le chemin dans la nature lui fait du bien. Elle croule sous les responsabilités. Entre les exigences de la maternité et son travail dans la lutte pour aider la résistance, elle n'a plus le temps de danser, de vivre, d'aimer. Et son cœur est figé dans le chagrin depuis qu'elle a revu Chloé et peut-être même depuis qu'elle l'a quittée après leur première nuit... Elle descend pour demander des réponses, une guidance vers les bonnes décisions pour les citoyens qui comptent sur elle, pourtant la seule question qui lui vient en tête, c'est : « Y a-t-il une chance que mon histoire avec Chloé existe ? »

Elle s'assied en tailleur comme il le lui est demandé d'un regard. La Pythie allume un feu dans un bol ancien. La fumée prend des formes étranges, on croirait qu'elle danse.

La Pythie semble avoir une voix qui ne lui appartient pas et parle sans s'arrêter, comme possédée.

— L'Enfant est l'élu. Je ne sais ce que ça veut dire aujourd'hui, mais c'est l'information que j'ai. Tu dois prendre soin de lui, on lui voudra du mal. Mais l'avenir de l'humanité se jouera à travers lui.

Oona frissonne, comment sait-elle ? On lui a sûrement dit qu'elle appelait son enfant de la sorte, après tout elle est une figure publique. Il lui faut relativiser. Mais la Pythie reprend :

— C'est l'amour de ta vie mais ce n'est pas parce que tout va vite dans son cerveau que tout va vite dans son cœur. Elle viendra à toi, mais le jour de sa venue est aussi celui de la fin de l'humanité telle que nous la connaissons.

— Comment cela ? Que voulez-vous dire ? Nous allons entrer en guerre ?

— Méfie-toi de ceux qui donnent un nom et un visage à Dieu. Dieu est en chacun de nous. Méfie-toi de l'homme en blanc. Méfie-toi de l'homme en noir. Et protège l'Enfant. Il est plus important que tout le peuple, il est leur seule façon de survivre.

La Pythie entre alors dans une sorte de transe et de douleur. Une femme vêtue de noir sort de la pénombre et fait sursauter Oona.

— Il est temps de partir, madame Fourcade.

Et elle la raccompagne en dehors de la grotte, en dirigeant sa marche d'une main poussive et ferme dans son dos.

J-54

25 mars 2050

Depuis 7 heures ce matin, Ash donne des interviews, la plupart à distance. Il réagit de manière interne à une succession de journalistes qui ont accès aux informations qu'Ash envoie directement depuis la puce de son cerveau aux leurs. Des images et des souvenirs animés sont transmis dans un récepteur ouvert dans les puces des journalistes. Aussi, la retranscription est parfaite et ses propos ne peuvent être déformés. Il donne également des interviews à des gens non connectés qui sont venus des zones blanches car le nouveau ministre de la Santé est le ministre de tous les Français, comme il a tenu à le rappeler. Un journaliste des Landes s'amuse à lui dire qu'il va faire son portrait « à l'ancienne ». Évidemment, ils reviennent sur les débuts de son parcours mais l'homme assez âgé et érudit insiste pour bien comprendre ce qui s'est passé dans les quelques années qui les séparent du prix Nobel qui a tout changé et durant lesquelles fut créée Horizon, la société d'Ash et Chloé financée par des investisseurs providentiels et quelques family offices. Le gouvernement se mit alors à célébrer la puce dont on industrialisa la fabrication, et malgré l'accélération de l'adoption populaire qui mit fin à des siècles de souffrance au sein des familles touchées par Alzheimer, le journaliste s'interroge sur la simultanéité de l'investissement de l'État dans la société Horizon.

— Nous étions une entreprise de santé publique avec des demandes qui dépassaient tout ce à quoi nous pouvions nous attendre. Au contraire, il me semble qu'avoir un investissement national nous protégeait du risque de dérive mercantile.

— Ce même État qui aujourd'hui vous nomme ministre ? Vous comprenez que cela puisse prêter à confusion ?

— Ç'aurait peut-être été le cas, si je n'avais pas démissionné d'Horizon ce matin.

— Et que votre femme soit aux commandes ne dérange personne ? Si demain vous décidez en tant que ministre de commander le double de puces, devrons-nous trouver cela normal ?

— Je vais vous répondre avec grande franchise...

— Vous avez activé l'option « franchise » ?

— Exactement, dit Ash avec un sourire charmeur. J'ai eu un prix Nobel, j'ai gagné une fortune. Si l'argent était ma motivation, la gloire, tout ce que vous sous-entendez, alors aujourd'hui, je pourrais me contenter de ce que j'ai déjà ou multiplier les fonctions pour gagner plus encore. Mon parcours et celui de ma femme sont intimement liés et notre but commun a toujours été altruiste. Très vite, après l'invention de nos puces qui enrayaient Alzheimer, Horizon s'est intéressé aux pathologies psychiatriques comme la schizophrénie ou la bipolarité.

En effet, l'attente était grande et leur succès ne tarda pas. Ce fut ensuite la dépression chronique qui disparut du langage courant. Tout alla à une vitesse folle.

Comme Ash le craignait, le journaliste revient sur « l'affaire du rayon poissonnerie ».

Quelques années après Neuralink, en 2038, ce fut au tour d'Horizon d'être la cible des médias après le décès d'un homme dans un supermarché à Clamart en région parisienne. Antoine avait quarante-deux ans, on lui avait installé une puce de deuxième génération un an auparavant pour prévenir ses troubles suicidaires. Sa puce subit un bug malheureusement courant au moment de l'actualisation de l'algorithme et de son code informatique, qui la désactiva l'espace de trois minutes. D'ordinaire, cet update se fait la nuit ou au moment où l'équipé est en sommeil profond, la déconnexion n'a donc aucune conséquence grave. Mais en ce samedi 10 avril 2038, la puce de ce quadragénaire se mit à actualiser son programme par erreur entre le rayon des cafés et celui des biscuits en plein après-midi. Il fut déconnecté du monde. Il se redressa, regarda le plafond, et lâcha son panier. Les pommes roulèrent dans l'allée et il laissa tomber un bocal de cornichons dont les éclats de verre lui éclatèrent au visage sans qu'il ne puisse donner l'ordre tacite à son corps de bouger. Il crut qu'il se paralysait et lança un cri presque animal. Les clients se précipitèrent pour l'aider mais, comme possédé, Antoine se releva et se dirigea vers le rayon poissonnerie où il prit un couteau à dénerver qu'il se planta dans la jugulaire. Le sang recouvrit la glace, le sol et les vitres du stand. Une femme médecin généraliste se précipita pour appliquer une forte pression sur son cou mais trop tard. En moins de trente minutes, les vidéos de la scène furent partagées sur tout le globe. On associa vite le son diabolique des cris de l'homme en délire suicidaire à une défaillance de la puce, cela traumatisa la population autant que les gouvernements qui remirent l'avenir de la puce en perspective. Le bug fut définitivement réparé mais une question récurrente chez les scientifiques tortura Chloé et Ash : que pourrait-il se passer si un individu portant une puce pendant des décennies, parfois dès la naissance, voyait son équipement se déconnecter plus longuement voire définitivement ?

Ash savait que le journaliste posait de bonnes questions mais ne pouvait laisser les gens céder à la panique ou au doute, aussi rappela-t-il les mesures qui avaient été prises et, tout en se désolant de la mort de cet homme, expliqua que le nombre de pertes et d'accidents avait été infime avec les puces comparé à n'importe quel autre médicament. Il y avait un travail pédagogique considérable à réaliser auprès de la population pour inverser la tendance. Les erreurs technologiques étaient minimes comparées aux erreurs humaines.

À leurs débuts, Chloé insista sur la nécessité de pouvoir rendre l'opération chirurgicale réversible. Selon elle, tout équipé devrait pouvoir revenir sur sa décision ou à l'état physique et psychologique dans lequel il était avant l'implantation. Ash et Chloé furent invités à l'Élysée pour s'entretenir avec le président français et d'autres chefs d'État accompagnés de leurs ministres de la Santé. Ce n'était pas seulement un sujet éthique, c'était le futur d'Horizon et la souveraineté scientifique de la France qui étaient en jeu. Malgré l'amélioration de la puce, la disparition de ce bug ainsi que les précautions supplémentaires chez les équipés atteints de démence ou de pathologies psychiatriques, dont une consultation mensuelle avec un médecin d'Horizon, le gouvernement français décida de s'éloigner médiatiquement de la compagnie et de ne pas se positionner publiquement sur les prochains travaux tout en gardant le contrôle sur les inventions à venir. Il expliqua au journaliste que depuis ce jour l'État français n'avait qu'une part symbolique dans sa société.

— Dois-je vous rappeler que les fraudes et les comportements à risque ont sensiblement diminué avec la puce ? Nous tendons vers le bien, le mieux.

— Pensez-vous que faire le bien sous la contrainte quelle qu'elle soit est quand même faire le bien ?

— Sur une copie double et j'ai trois heures ? J'ai oublié que vous aviez encore des cours de philosophie dans vos contrées ! lança Ash pour tenter de le faire rire. À ma connaissance, personne n'est contraint dans ce pays. J'ai toujours aimé Aristote. Si je rejette comme lui l'idée naïve du bien, j'adhère à celle du bien suprême, celui en vue duquel on fait tout le reste : le bonheur.

— Et vous lui avez donné une drôle de forme. Vous vous êtes mis à jouer à Dieu.

En effet, à peine un an après l'incident de la poissonnerie, on équipa les Français aux antécédents familiaux pathologiques, par prévention. Les chances de succès de la puce avaient été démontrées plus élevées chez des patients avant l'apparition des premiers symptômes. On commença à explorer le contrôle d'addictions en tout genre *via* l'implantation de la pièce miracle dans des zones spécifiques du cerveau. Certaines assurances prenaient en charge l'opération chez des sujets diabétiques, en surpoids ou au taux de cholestérol élevé. Les résultats étaient sans ambiguïté, et les mutuelles profitaient de cette médecine préventive pour éradiquer des maladies chroniques qui leur coûtaient le plus. Très vite, la puce orienta tous les équipés, même ceux en bonne santé, vers des fruits et des légumes frais, des boissons sans sucre, jusqu'aux locations de vacances à la mer. Moins de sucre, plus d'air frais, n'est-ce pas la base d'une vie saine ?

Ash parvint à se sortir de l'interview à l'aide de quelques pirouettes et de son charme. Mais la réalité, il la connaissait, il restait proche du pouvoir et de cette invention qui leur avait échappé pour pouvoir continuer de la contrôler *ad minima*. Son orgueil l'empêchait de formuler cela clairement, même à sa femme, mais s'il voulait bien jouer au bon Dieu, il refusait de mener l'humanité au déluge. Avec Chloé qui restait du côté de la science, et lui qui mettait un pied en politique, il espérait garder l'éthique dans l'équation.

Après le drame dans ce supermarché, quelques start-up proposèrent d'interagir avec l'équipement magique pour orienter les choix des individus afin de les « rendre heureux et accomplis », comme ils l'affichaient sur leur site. Que ce soit dans le choix d'un partenaire amoureux, d'un investissement financier ou tout simplement d'un plat au restaurant, les algorithmes de ces sociétés affirmaient savoir ce qui était bon pour vous et régulaient ainsi ce dont vous aviez ou alliez avoir envie. Les progrès de la reconstruction corticale avaient permis de faire des bonds de géant dans l'analyse même grossière des pensées des équipés. Alors que Chloé s'inquiétait de ces usages de la puce, Ash pensait que ce n'était que la suite logique des téléphones portables. Les dérives ne tardèrent pas, la frontière entre marketing et manipulation s'amenuisa. Le biais de confirmation et le phénomène d'autoréalisation devinrent le carburant d'un système ultra-connecté censé nous rendre la vie plus simple et plus joyeuse. Les entreprises allèrent de plus en plus loin pour tester de nouvelles fonctionnalités, comment nous faire aimer tel plat, tel vêtement, tel partenaire… Elles proposèrent de financer l'opération chez des individus qui souhaitaient expérimenter cette vie intense et sans perte de temps et d'énergie, avec une assurance censée couvrir d'éventuels dommages : rencontre amoureuse ratée ou problème de santé non anticipé. Au début des années 2030, cela ne représentait encore qu'une petite proportion des équipés, plus de 96 % d'entre eux étaient des hommes, des femmes et des enfants, sauvés de la maladie ou que la puce protégeait de pathologies futures. À la fin de la même année, des nouvelles inquiétantes arrivèrent de Chine. Des laboratoires d'État avaient concrétisé le rêve de Neuralink : augmenter les capacités intellectuelles des êtres humains. Suite au succès d'Horizon, un traité avait été signé entre plusieurs nations, dont les États-Unis et la France, pour ne pas développer ce genre d'applications, les enjeux éthiques étaient encore trop complexes. Mais la Chine investit des milliards de dollars dans les recherches et le développement de ces puces. Depuis les années 2010, elle encourageait – pour ne pas dire forçait – les bons élèves à étudier les matières scientifiques et en priorité les mathématiques et la physique. Son objectif était simple et pratique : utiliser sa masse critique pour former la plus grande patrie innovante qui allait gagner la bataille mondiale de l'intelligence artificielle. Leurs avancées technologiques dans les interfaces électro-cérébrales permettaient d'envisager de former dix fois plus de Chinois aux sciences et à la médecine de pointe. Alors que des pays comme l'Italie, le Brésil ou le Canada refusèrent d'entrer dans cette nouvelle course cognitive, les États-Unis, influencés par le lobby puissant de Neuralink, déployèrent la toute dernière technologie de la société de Musk chez tous les Américains. En Europe, ce fut au tour du Royaume-Uni, de l'Allemagne et de l'Espagne de faire pareil. Le président français refusa de se positionner, l'ombre de l'incident de 2038 planait encore. Les entreprises françaises refusèrent de se laisser rattraper par leurs voisins, *l'économie du pays ne s'en remettrait pas*, signèrent plusieurs grands patrons dans une tribune. Les sociétés de toute taille offrirent de couvrir les frais médicaux de l'implantation de la puce chez leurs employés et leurs collaborateurs. En moins d'un mois, on passa de 3 % à près de 20 % d'équipés sur tout le territoire. Les opérations chirurgicales se faisaient à la chaîne en service ambulatoire dans tous les centres médicaux du pays, et pour les plus riches, de façon plus luxueuse, dans des cliniques privées. Très vite, on atteignit une masse majoritaire d'équipés, mais les personnes âgées en bonne santé ou les chômeurs qui ne pouvaient payer l'opération furent déconnectés de la vie sociale et économique. La puce remplaçait soudain le téléphone portable et vous donnait la puissance d'un moteur de recherche intégré, bref vous deveniez votre propre ordinateur. Mais cela n'était pas sans danger, comme une frange en colère s'acharnait à le relever : si vous étiez un ordinateur alors on pouvait vous hacker, vous envoyer des spams, vous influencer, vous faire rêver des rêves qui n'étaient pas les vôtres, vous donner des fringales comme vous couper l'appétit, on pouvait vous programmer ! Avec l'excitation des uns naquit la peur des autres. Certains ingénieurs et scientifiques refusèrent l'implant miracle par précaution, d'autres l'acceptèrent mais se pirataient eux-mêmes pour éviter tous les risques de manipulation et de surveillance généralisée qu'ils craignaient plus que tout. Beaucoup de ces pirates d'un temps nouveau avaient intégré le groupe international et décentralisé de hackers au nom mondialement connu, Anonymous. Beaucoup participaient à des piratages de masse lors d'événements officiels comme le feu d'artifice devant la tour Eiffel pour le passage à l'année 2040. Un peu avant minuit, les Anonymous avaient pris le contrôle de tous les équipés venus observer le spectacle sur le Champ-de-Mars. Ils leur envoyèrent un signal qui les poussa à se déshabiller de façon naturelle, désactivant leurs fonctions de honte ou de bienséance. L'image de milliers de gens nus sous le symbole de Paris avait fait le tour du monde. Les Anonymous n'allaient jamais plus loin dans leurs hackings mais ils menaient des opérations de lobbying fortes et tentaient d'expliquer que si on pouvait pousser des centaines de gens à se déshabiller en public, alors on pouvait aussi les pousser à tuer, les transformer en armée contre leur gré. Ces héros d'un autre genre souhaitaient avant tout mettre en évidence les failles de sécurité du réseau dans l'objectif noble de mieux protéger les citoyens ainsi que d'obliger l'État et Horizon à améliorer leur système. Ces petits incidents ne ralentirent pourtant pas l'adoption de la puce ; tous voulaient profiter de ses bénéfices, quelles qu'en soient les conséquences.

En un an, plus de neuf Français sur dix furent connectés au système, et on commença à voir les effets sur les capacités cognitives. Plus besoin d'apprendre, la puce intégrait les savoirs et les connaissances au cerveau des gens à leur demande. La lecture, l'écriture ou l'analyse de l'information se faisaient à une vitesse éclair, et les équipés ne ressentaient jamais la fatigue. Les écoles et les universités disparurent peu à peu. Seuls les laboratoires de recherche restèrent actifs et les salles de cours furent transformées en lieux d'habitation et salles de sport. La Sorbonne devint un complexe hôtelier de luxe, et un spéculateur immobilier sans scrupules parvint à faire creuser une piscine dans la Cour d'honneur malgré les protestations des anciens élèves. Rapidement, certains artistes dirent avoir perdu une partie de leur créativité, les films tendaient vers une certaine homogénéité, et ne semblaient pensés qu'à des fins commerciales. La puce venait indirectement remplacer les algorithmes des plateformes de vidéos à la demande qui orientaient la trame des productions de films et de séries pour optimiser les chances de succès, quitte à ne prendre aucun risque et à ne permettre aucun revirement créatif. Pour la troisième année consécutive, le Goncourt récompensa un livre aux aspects historiques car la production littéraire était pauvre. La nécessité d'écrire semblait disparaître. Ainsi, un grand nombre d'artistes, compositeurs, écrivains, peintres ou encore architectes déclinèrent la puce quitte à se mettre au ban de la société.

J-53

26 mars 2050

Oona et sa délégation sont en chemin vers la cité papale. Ils ont roulé toute la journée de la veille, se sont arrêtés à Florence où la chorégraphe a été reçue avec la déférence due à un chef d'État. Paris a beau les montrer du doigt comme des vilains petits canards, à chaque déplacement officiel, Oona réalise la puissance de la résistance. Encore quelques heures et elle parlera au pape en personne.

Innocent XIV, le plus jeune pape jamais nommé, est entré en fonction deux années auparavant. Oona se souvenait de l'adoration que sa grand-mère portait au pape François, des images de son enfance lui revenaient en tête : la papamobile, la bénédiction place Saint-Pierre. Les traditions séculaires, les gestes mille fois répétés, les mots qu'on psalmodiait, tout ça l'avait toujours étrangement rassurée.

On aurait pu penser ce monde religieux dépassé par les avancées scientifiques mais dès 2021, l'académie pontificale avait appelé les grandes sociétés du numérique à une intelligence artificielle pratiquée de manière éthique. Dans l'Aula du Synode, l'immense amphithéâtre du Vatican, les membres éminents du clergé avaient pris place avec les responsables des technologies en plein essor et les avaient poussés à s'engager sur un usage responsable des algorithmes régis par de grands principes mus par une volonté d'humanité respectée, plus que par des principes religieux à proprement parler. On avait évoqué la transparence, l'impartialité. Ce symposium était passé presque sous silence dans les médias, traité comme une information anecdotique malgré la présence de cadres éminents de Microsoft ou d'IBM. Pourtant, cela avait compté de façon drastique, ce qui s'était joué était bien différent d'une simple prise de conscience éthique. Ce jour-là, le pape avait compris que si la chrétienté ne pouvait cautionner certains agissements bien longtemps, elle ne pouvait pas non plus s'exclure de cette grande vague de modernité, sous peine de disparaître. Ils allaient devoir évangéliser ce continent digital. L'Église catholique qui avait toujours investi dans la Tech – et encore plus durant le premier mandat de Trump où la Toile avait été déchaînée par des théories du complot et autres religions parallèles que l'Église voyait arriver d'un mauvais œil – prit soudain des participations encore plus conséquentes dans les GAFAM et de plus jeunes entreprises visionnaires à travers des sociétés-écrans. Ils avaient d'ailleurs financé une bonne partie des recherches sur la puce en investissant dans la société de Chloé et d'Ash sans que personne ne le sache. Et comme un domino en fait tomber un autre, puis un autre et un autre encore, trente années après, on était arrivé aux résultats escomptés : ces sociétés avaient désormais une puissance supérieure à la majorité des États et étaient en partie sous le contrôle du Vatican dans le plus grand des secrets. L'ampleur de la fortune du Vatican restait mystérieuse. Depuis des décennies, lorsqu'on interrogeait les papes, ils répondaient que les pauvres étaient la plus grande richesse de l'Église. Ils devaient se repasser le bon mot avec l'habit... Dans l'antichambre du Christ, on vouait un culte à la discrétion voire à l'opacité. Entre son parc immobilier, son stock d'or estimé à un tiers des réserves mondiales et ses participations dans des milliers de sociétés, on parlait de trois mille milliards d'euros. On avait recruté des jeunes évêques parmi les banquiers d'affaires. Une énorme partie des hommes d'Église était affectée à la fructification de l'argent de ce qui restait la première religion monothéiste du monde malgré la perte de fidèles due à l'implémentation de puces et à la montée massive de l'islam qui les talonnait.

Aujourd'hui, l'Église était la seule entité qui pouvait sauver les insurgés du Sud de la France. Oona comptait sur sa puissance afin d'imposer à la France un traitement différent pour ceux qui refusaient de céder à cette puce (ils devaient retrouver une Sécurité sociale, être traités avec respect malgré leurs différences de point de vue...) ou alors il faudrait opérer un ralliement des résistants à l'Italie, terre de tolérance car religieuse, dérision des temps modernes.

En plus d'Eugénie, son jeune bras droit, on avait recommandé à Oona de venir avec Ilan, son plus proche conseiller – « vas-y avec un homme » avaient été les mots exacts d'Isham qui s'occupait de la communication du mouvement de résistance. En était-on resté là du patriarcat dans ces mondes religieux ? En partie certes, malgré l'inclusion plus forte des femmes dans les postes à responsabilité et les premières évêques en 2040. Mais c'était surtout parce que tout se jouait dans des lieux bondés, des réunions avec des vingtaines de membres de l'Église et que la seule possibilité de passer un accord à deux, avec discrétion, était aux toilettes. Depuis la nuit des temps, deux débats se jouaient pour élire le pape, l'un à visage découvert avec les 115 cardinaux et l'autre, le « vrai », qui avait été nommé « le conclave des latrines ». Isham se marrait en racontant cela à Oona. C'était le seul endroit où l'on pouvait se convaincre hors de l'hémicycle entre deux tours de scrutin. « Tu ne sais pas ce qui s'est passé dans ces lieux, de la politique de haut vol ! Zizi à l'air... » La bonne humeur d'Isham n'avait d'égale que sa culture et il était un des êtres les plus importants de la vie d'Oona mais aussi dans la force de leur mouvement. Elle l'avait écouté et chacun savait ce qu'il avait à faire.

Ils approchent de Rome. La ville est devenue sale ces dernières années. Le refus des Italiens de s'équiper a eu des conséquences économiques violentes, on croirait désormais une ville du tiers-monde. Beaucoup ont migré vers l'Espagne et la France. Artisans, ingénieurs, professeurs ou simplement des gens voulant guérir de maladies incurables sans la puce sont partis en masse. Les Italiens, qui étaient de grands acteurs dans le monde du textile, ont rendu les armes contre la Chine qui fabrique massivement et à bas prix. La mode a disparu au profit de la sobriété et du confort, seuls les insurgés y pensent encore comme une forme d'art mais lorsqu'on se bat pour sa survie, cela passe souvent au second plan. Plus personne ne voyage autrement qu'avec le métavers, et Rome qui a toujours été une ville musée ressemble désormais à une ville fantôme. Il semble que le monde se soit divisé en deux économies, deux temporalités. Les réfractaires à la puce continuent à interagir entre eux au sein d'une économie mondiale de résistance mais l'économie supérieure, le monde puissant qui les entoure semble influer comme un étau et ternir chacune de leurs tentatives de survie. Un monde qui n'avance pas meurt, et l'Italie semble proche de son dernier souffle.

Oona, Ilan et Eugénie descendent de la voiture. Une délégation de deux évêques et trois cardinaux, reconnaissables à leur soutane noire avec la croix pectorale et l'anneau, leurs ceintures, leurs collaros et leurs calottes de couleur, s'avance. Ils les escortent dans l'enceinte du Vatican. Un nombre immense de mendiants se tient le long des murs, chacun demande de l'aide dans une langue différente, on croirait la Cour des Miracles. Par déformation professionnelle, Oona ne peut s'empêcher de tout transformer en danse dans sa tête. Elle chorégraphie tout ce qu'elle voit et imagine le chœur des mendiants tapant du pied et chantant son désespoir face aux puissants ecclésiastiques. C'est sa façon d'y voir plus clair, ses émotions traduisent la réalité des gens qu'elle a face à elle.

Les murs du Vatican franchis, on ne peut que constater la force du contraste. La majesté s'invite dès l'entrée, mélange de pierres ancestrales et de protection haute technologie. Chacun des nouveaux arrivants est scanné afin de connaître ses rencontres passées, ses déplacements des derniers mois et surtout ses intentions en arrivant au Vatican. Chez les non-équipés comme Oona, Eugénie et Ilan, une enquête préliminaire est réalisée les semaines précédant leur arrivée. Avec leur accord, le Vatican a accès à leur téléphone portable pour les localiser et lire leurs messages en temps réel. La chaleur est intenable mais derrière de lourdes portes, ils pénètrent une pièce aux murs si épais qu'elle garde la fraîcheur intacte, Oona en frissonne. Elle s'installe dans une étrange chaise de bois. Ses conseillers prennent place derrière elle sur de simples tabourets. Comme le veut le catholicisme, le décor mêle faste et ascétisme. Il semble à Oona que le temps ralentit, elle se sent bien, elle est presque endormie quand il apparaît.

Le jeune pape n'a pas besoin de mise en scène pour faire de l'effet. Il est un être à part, flamboyant. Avec sa longue silhouette de plus de deux mètres et son albinisme alors qu'il est de parents éthiopiens à la peau noir ébène, Innocent XIV a les allures messianiques de la science-fiction qui émergeait et qu'on nommait la résistance-fiction (dans les ouvrages récents publiés par Marseille et auxquels les équipés avaient accès sous le manteau, l'humanité se transformait physiquement, devenait plus musculeuse, grande et sans couleur, sans traits distinctifs, elle était une horde anonyme car semblable). Innocent portait en lui l'inscription des grands destins, dans le simple rayonnement de son aura. Il était arrivé sur terre tel un présage, dans la nuit du 24 décembre 2030. Sa mère voulait l'appeler Noé car elle avait lu dans la Bible cette description du sauveur des animaux : « Quand l'enfant naquit, son corps était plus blanc que neige et plus rouge qu'une rose, toute sa chevelure était blanche comme de blancs flocons, bouclée et splendide. Et quand il ouvrit les yeux, la maison brilla comme le soleil. » Son père suggéra Noël en raison de son jour de naissance. Mais quand on le vit dans le village, si étrange, si différent, certains voulurent sa mort. Sa mère le prénomma alors Innocent pour qu'on le laisse en paix. Les villageois étaient en colère et cherchaient des coupables mais quand sa mère le prit dans ses bras et le souleva pour dire que son fils était aussi pur qu'un saint, la pluie se mit à tomber après des mois de sécheresse. Il fut célébré comme un sauveur. Une série de ce qui fut qualifié de miracles entoura ensuite son existence, malades guéris à son contact, apparitions de fruits… Le bruit circula en Éthiopie puis dans le reste du monde et, à vingt ans, Innocent fut nommé pape. Il garda son prénom intimement lié à sa vie, espérant donner un souffle de renouveau à la jeunesse catholique qu'on perdait massivement au profit de la vie plus simple, plus sécurisée et plus saine que promettait la puce. « À quel troupeau voulez-vous appartenir ? » aimait à demander le jeune pape, et souvent en réponse, il recevait des larmes et ouvrait grand ses bras.

Oona n'est pas religieuse mais assez mystique pour ne pouvoir empêcher une émotion de naître en la présence de cet homme qui la bénit avant de s'asseoir juste en face, lui donnant une sensation d'intimité et de transparence.

— Avons-nous besoin de tous ces gens pour nous parler ?

Sans attendre de réponse, il indique la porte aux autres avec un sourire désarmant, leur disant que le verger du Vatican regorge des fruits aux odeurs à nulle autre pareilles. En un geste, il a balayé des millénaires de tradition et citant la Bible, il commence leur conversation :

— « Ne crains pas, petit troupeau », dit Jésus à ses disciples inquiets, « car votre Père a trouvé bon de vous donner le Royaume ». Luc chapitre 12, verset 32.

— Merci de me recevoir, Saint-Père.

— Vous êtes ici chez vous, Oona, au royaume de ceux qui ont confiance en l'être humain, tel qu'il a été dessiné par son Créateur.

— Il a fait un travail étonnant avec vous, vous ressemblez à une œuvre d'art en vie.

— J'ai toujours pris ma différence comme une chance. *Albus* en latin, qui donne le mot albinos, signifie blanc. J'étais prédestiné à l'habit, vous ne pensez pas ?

— Vous parlez un français parfait.

— Je vous remercie.

Un prêtre aux traits nippons entre alors avec deux thés verts, Innocent le remercie dans sa langue.

— Japonais également ? s'étonne Oona.

— Un pape se doit de pouvoir comprendre le monde qui vient à lui.

— C'est remarquable.

Oona lui tend alors le rapport des experts marseillais. Il indique les zones de résistance dans le monde. L'ensemble des pays musulmans, un foyer très actif en Russie mené par l'Église orthodoxe, une Espagne complètement fragmentée. Elle lui fait part de son inquiétude quant à la République perse contrôlée par l'ancien groupe de mercenaires Wagner, des sanguinaires islamistes. Il lui rappelle qu'ils sont dans un équilibre instable. Oona ne sait s'ils doivent accepter de ne faire qu'un. Certes, les États qui imposent la puce en la rendant indispensable à la vie quotidienne sont un ennemi, mais qu'en est-il des obscurantismes et autres risques pour les libertés ? Leur jeu est dangereux et pourrait se refermer sur eux. Le pape dit s'en remettre à Dieu et Oona s'amuse intérieurement de cette réponse politique. Il semble vouloir éluder les sujets de fond. Durant le reste de l'entretien, Oona se met en pilote automatique. Elle n'explique que partiellement la situation catastrophique de la résistance, elle édulcore même, car une évidence vient de lui apparaître. Comment cet homme, né en Éthiopie dans la plus grande pauvreté, peut-il maîtriser l'anglais, le français, l'italien et le japonais ? Mais plus encore, alors qu'elle s'interroge, Oona le voit parcourir le document en diagonale en le tenant de la main droite et en laissant glisser les pages en relâchant son pouce, il semble qu'il en retienne alors l'intégralité comme s'il l'avait scanné. Oona a déjà vu faire cela. Elle ne croit pas aux miracles et elle a connu la traîtrise suffisamment de fois pour comprendre que le pape est équipé d'une puce. Surtout ne pas laisser son cœur s'emballer, sourire, inspirer, tenir le coup.

J-47

1er avril 2050

Le centre de recherche d'Horizon est installé dans le même complexe que son usine de production de puces afin d'appliquer les résultats sur des cas industriels de manière facile et rapide. Chloé a rendez-vous avec l'un des directeurs scientifiques de la compagnie qui lui présente le projet Horizon II pour lequel ils espèrent un financement de l'Union européenne à hauteur de dizaines de millions d'euros. Henri est clair, brillant, les derniers réglages de sa puce ont fait disparaître sa peur de prendre la parole en public. En dix ans, Chloé a structuré l'entreprise pour lui permettre d'avancer sans ses fondateurs. Ash avait eu du mal à l'accepter car il aimait se sentir indispensable, mais Chloé l'avait convaincu que si leur équipe les déchargeait des développements industriels, ils auraient plus de temps pour se pencher sur la recherche. C'est ce qu'elle aimait profondément, étudier le cerveau, travailler sur les cellules gliales du cortex ou les neurones, bien avant les essais cliniques sur des êtres humains. Malgré son immense intelligence et sa passion pour l'innovation et la recherche, Ash cède de plus en plus fréquemment à l'appel de la gloire. Ses nombreuses interviews dans la presse, ses rapports privilégiés avec les membres du gouvernement à commencer par le président, ainsi que les positions honorifiques qu'il occupe dans plusieurs organisations l'ont peu à peu détourné de son métier originel. Chloé se retrouve souvent seule au laboratoire, et son binôme scientifique lui manque tout autant que son mari.

Souvent elle se demande ce qu'aurait été sa vie sans Ash, sans la maladie de son père ; tout était lié, le pire l'avait amenée vers le meilleur. Elle était en dernière année de biochimie à l'université de Lille quand elle avait appris que son père d'à peine soixante ans était atteint de la maladie d'Alzheimer à un stade précoce. On était en 2023, après les nombreux confinements, la guerre qui s'installait en Ukraine et ses conséquences, Chloé avait l'impression que le monde entier s'effondrait et le sien aussi. Elle n'avait pas le droit à l'insouciance des jeunes femmes de son âge. Fille unique, proche de ses parents, Chloé orienta la suite de ses études vers les neurosciences, son instinct de protection la poussait vers ce qui pouvait sauver son père. Meilleure de sa promotion, elle partit conduire son doctorat à l'institut du cerveau du MIT dans la ville de Boston aux États-Unis. Son sujet était l'étude de la réversibilité de la maladie d'Alzheimer par la régénération de cellules cérébrales en laboratoire. Ash était également passé par le MIT mais pas à la même époque, sans le savoir elle foulait les pas de l'homme qui allait changer sa vie et avec lequel elle transformerait l'humanité entière. Elle avait toujours pensé avec romantisme à l'idée qu'elle avait pris un petit déjeuner au même endroit mais dans un autre espace-temps, regardé par les mêmes vitres du *Bosworth's café* du Koch Institute, rêvant à l'amour, comme si l'énergie qu'il avait laissée et celle qui émanait de Chloé poussaient à une rencontre qui n'arriverait que cinq années plus tard, alors qu'Ash donnait une conférence à l'Institut Pasteur à Paris. Chloé y était chercheuse. Devant une salle pleine, Ash parlait des implants cérébraux nano-électriques pour l'administration de médicaments et peu à peu, il ne parla plus qu'à une seule personne… La blondeur vénitienne de Chloé et sa silhouette d'actrice italienne des années 1950 semblaient l'hypnotiser. Il avait fini son exposé et s'était dirigé vers elle pour l'inviter à dîner, le sens de l'humour de Chloé avait ajouté à sa fascination. Deux jours après, leur dîner se transforma en nuit, et quand le jour se leva, il lui demanda d'aller chercher ses affaires et de venir s'installer chez lui. Chloé en rit, qui était cet homme si avide de vivre vite et fort ? Chloé était trop rationnelle pour accepter mais la force de conviction d'Ash l'impressionna. Peut-être après tout que ce grand amour dont on parlait dans les romans existait ? Chloé lui demanda du temps et il le lui accorda mais c'est comme si un pacte était déjà scellé. Il ne ressemblait à aucun des hommes qu'elle avait connus et encore moins aux scientifiques souvent introvertis, timides et prévisibles. Ash était entier, sûr de lui, brillant. Chloé fut vite contaminée par la passion d'Ash. Il avait joué au football américain et avait la carrure d'un quarterback. Ses lunettes ajoutaient un charme à sa belle gueule. Et l'amour dura parce qu'ils s'excitèrent de leur complémentarité intellectuelle autant que de leurs corps. Ash voulait être un héros aux yeux de Chloé et sauver son père. Une collaboration scientifique se mêla à leur vie quotidienne, ils travaillaient sans cesse, passionnés par l'harmonie intellectuelle qu'ils infusaient. La version expérimentale de la puce cérébrale pour combattre Alzheimer vit le jour trois ans après cette première nuit d'amour. Ash mit un genou à terre dans leur laboratoire et demanda à Chloé de l'épouser. Depuis le premier jour, ils étaient une équipe et c'est sans doute cette symbiose et ce désir d'impressionner l'autre qui en faisaient une équipe scientifique hors pair. Chloé réussit à intégrer son père dans la première étude clinique et démarra le protocole médical qui devint quelques années plus tard un traitement standard. Il fut sauvé et mourut de vieillesse deux décennies après avec ses souvenirs intacts, dont celui du mariage d'Ash et Chloé. Leur prix Nobel fut l'apogée de leur aventure professionnelle mais leur histoire sentimentale ne semblait pas vouloir leur offrir d'enfant. Après quatre années de tentatives et une assistance médicale lourde, Chloé interrompit les traitements. Elle s'était épuisée à devenir une machine à hormones pour augmenter sa fertilité. Elle avait convaincu Ash de reprendre leur activité sexuelle sans calcul ni prédiction, en espérant tomber enceinte quand la pression retomberait et que la passion reprendrait. Ash était fou de Chloé autant que de l'idée d'être père, il se rangea à son avis, mais le ventre de Chloé ne s'arrondissait toujours pas…

Grâce à sa puce, Chloé parvient à réfléchir à des choses intimes et profondes et à intégrer et analyser des données en même temps, comme on a deux fenêtres ouvertes simultanément sur son ordinateur. Henri lui présente leur nouvelle campagne de validation clinique, les essais in vitro supplémentaires à réaliser, les ressources nécessaires et lui expose la répartition des fonds de recherche. Leurs puces leur permettent d'assimiler une quantité impressionnante d'informations sur des temps courts. En moins de deux heures, ils vont relire la note d'intention du projet, mais aussi chaque article scientifique qui y est référencé, reprendre chaque calcul, chaque dérivée et chaque intégrale mathématiques avant de valider le budget. L'équivalent d'une lecture de *Guerre et Paix* en seulement deux heures sans ressentir la moindre fatigue et en en retenant chaque mot.

***

Comme chaque premier samedi du mois, Tom est à l'avant du train Hyperloop en direction de Bordeaux. Il va retrouver son ami Karl, un chef étoilé de la ville qui lui a conçu un déjeuner gastronomique sur mesure. Le wagon est quasiment vide, seule une jeune infirmière de retour de sa garde à l'hôpital est assise un peu plus loin, les yeux fermés, sa puce la réveillera en douceur dans trente minutes. Au cours du trajet, Tom déconnecte sa puce par l'envoi d'une commande de son ordinateur portable vers le serveur central du ministère de la Défense. Même si Tom pirate régulièrement ce système *via* son serveur situé dans son appartement à Paris, il exécute cette manœuvre par précaution au moment précis du trajet où la surveillance du réseau est la plus faible, à mi-chemin entre Poitiers et Angoulême. Aucune trace n'apparaîtra dans les fichiers logs du ministère. En théorie, Tom est toujours connecté et profondément endormi, en réalité, avant de rejoindre son ami, il a un rendez-vous dans d'anciens bureaux d'une société de construction de navires commerciaux, aujourd'hui fermés. Tom arrive devant l'immeuble sur les quais, il entre sans difficulté dans ce vieux bâtiment qui ne possède aucun système de vérification électronique. Il monte l'escalier pour atteindre le bureau 183 comme indiqué sur le message reçu la veille. La porte est entrouverte. Une femme est assise sur l'un des fauteuils, pour le système elle s'appelle Adrienne Elasse, pour Tom c'est une correspondante privilégiée et secrète avec laquelle il a fini par tisser des liens d'amitié. Les yeux d'Oona s'ouvrent plus grand en le voyant et un sourire se dessine sur son visage fatigué.

J-39

9 avril 2050

Une voix douce susurre un « bienvenue ». On entre dans une pièce, puis dans une autre plus sombre et plus chaude pour habituer ses yeux et son corps à une atmosphère douce et enveloppante. On vous nettoie les pieds, les mains, puis le sexe avec délicatesse à l'aide de serviettes chaudes désinfectantes parfumées à la fleur d'oranger. On vous donne un drap de soie blanc pour autoriser votre pudeur et vous entrez dans le premier sas. Là, vous signez une décharge, même les lieux clandestins se protègent légalement. Puis, on désactive les fonctions principales de votre puce.

Chloé n'explique pas parfaitement scientifiquement le shoot d'adrénaline qu'elle prend alors. Elle a sans doute très peur de redevenir complètement elle-même et quand ça arrive c'est pourtant un soulagement, elle semble flotter de joie dans son corps qu'elle se réapproprie, ses désirs éteints se réveillent, une faim jaillit : une envie de viande saignante, de dévorer, d'embrasser goulûment, le réveil d'une animalité qu'elle ne se connaît pas avant cet effet contrasté de désactivation.

Cela arrive à chaque fois quand elle pénètre le lieu reptilien qu'on appelle Salmacis, du nom de la femme amoureuse d'Hermaphrodite qui en se mêlant à lui pour toujours unit en un seul être masculinité et féminité. Tous ses sens sont en éveil. Salmacis est esthétique et sauvage. Les murs soyeux du bâtiment de béton ciré aux teintes gris rosé sont nus, comme les corps allongés ou cambrés dans les immenses canapés de velours pâle. Il n'y a pas de toit, seule la lune éclaire les pulsions de désir écloses de-ci de-là. Chloé se ment, fait mine d'être ici pour l'aventure sous toutes ses formes, mais elle scrute les corps et les visages à la recherche de celle qui pourrait la faire plonger dans le souvenir d'Oona. Il y a de nombreuses femmes, des êtres hybrides, d'autres qui se cherchent, des hommes qui se mettent à disposition. Salmacis est une oasis de sexualité douce et ouverte, principalement saphique. Chaque recoin ressemble à un rêve érotique.

À chaque fois qu'on lui retire avec sa puce une part de ratio, la morsure amoureuse revient, Oona soudain prend une place folle en elle. Chloé, qui a toujours eu un esprit analytique affûté, voit sa lucidité quasi mathématique perdre de sa splendeur à chaque déconnexion. Son envie toujours plus déraisonnée d'Oona en est une démonstration. Chloé a été élevée dans une famille ouverte d'esprit et même si elle ne s'attendait pas à ressentir de l'attirance pour une femme, ce n'est pas ce qui l'avait retenue de tout quitter après leur première rencontre ; c'est son attachement à son mari. Si elle avait rencontré un homme, c'eût été la même chose. Ash n'était pas que son compagnon amoureux mais aussi son binôme. Leurs cerveaux répondaient l'un à l'autre, ils jubilaient de se défier, de se compléter, c'est comme s'ils se devaient de préserver leur union pour le reste de l'humanité, ce qu'ils créaient ensemble scientifiquement ne pouvait être comparé à rien d'autre. Pourtant, il fallait avouer que son corps n'avait jamais répondu à un autre de la même façon qu'aux caresses d'Oona. Dans les bras de sa danseuse, Chloé s'était sentie à la maison. Et c'est sans doute pour cela qu'elle avait fui, pour échapper à ce piège délicieux, pour ne pas trahir Ash complètement. Ce soir pourtant, à Salmacis, Chloé accepte la main qu'une belle femme brune lui tend, elle la pose sur son sein, elle cherche à retrouver pour un instant le chemin de la maison.

J-33

15 avril 2050

Après l'attentat islamiste de juin 2027, une vague de violence avait submergé la communauté musulmane. Sous l'influence d'une chroniqueuse de télévision aussi haineuse que populaire, la majorité innocente, intégrée et elle-même secouée par les événements, s'était mise à avoir peur de Paris où des groupes armés organisaient des passages à tabac. Un grand nombre de musulmans déménagea dans le Sud pour ne pas vivre dans la peur. Là-bas, tout était plus doux malgré l'augmentation des températures qui avait fait disparaître les géraniums et les peupliers.

Dans les années 875, une communauté musulmane avait élu domicile dans le Sud de la France, le long de la côte, dans deux petits villages qui ont gardé des airs mauresques : Saint-Tropez et Ramatuelle dont le nom vient de l'arabe « Rhamatu-Ilah », que l'on peut traduire par la bonté d'Allah ou la Providence divine. Pendant plus d'un siècle, des combattants de l'islam partirent de ces lieux pour saccager les villes alentour. C'est la flotte byzantine qui vint en aide à Guillaume le Libérateur pour chasser les Sarrasins en 973, fondant ensuite la dynastie des comtes de Provence. Aussi, lorsqu'à l'arrivée de la puce il avait été question de trouver un lieu qui incarnerait l'islam de France tel un fief résistant, l'imam de Marseille ressuscita cette vieille histoire pour s'installer à Saint-Tropez. Beaucoup de musulmans vivaient déjà sur la côte. La plupart n'étaient pas pieux à l'époque mais le sentiment d'interdiction de pratiquer leur religion avait contribué à opérer un repli identitaire. Ensemble, dans un monde paisible, sans peur du jugement, ils avaient glissé peu à peu vers des rites ancestraux et rassurants. N'était-ce pas, après tout, ce à quoi aspirait toute l'humanité ? Et les musulmanes sous leurs voiles étaient-elles moins libres que les femmes botoxées qui, à coups de bistouri, finissaient par avoir le même visage ? Peu à peu, l'extrême Sud de la France devint une terre musulmane.

La presqu'île se détache au loin. Dans moins d'une heure, le bateau accostera. Arriver dans un royaume de barbus pieux est d'une grande ironie pour quiconque est assez vieux pour avoir connu le village de Saint-Tropez à ses heures de faste et de débauche. Autre pied de nez, l'imam vit à La Madrague, l'ancienne maison de l'actrice Brigitte Bardot. La villa de légende a été rasée et reconstruite au goût du jour dans des matériaux protégeant l'imam Abdelkacem des risques d'agressions extérieures. Parfois, Oona se sentait dépassée ; la politique était entrée dans sa vie par hasard, par courage, par altruisme, mais elle était une danseuse. Aussi, c'est en effectuant des entrechats sur le pont du grand voilier de bois qu'elle entre dans le port mythique. Parce qu'il fait doux, parce que la vie est courte, parce que personne ne l'obligera à porter un voile comme une puce, dût-elle en mourir. Elle veut la liberté et elle compose avec les contraintes pour l'obtenir. Elle sent que l'humanité sera sauvée par une chose qui les dépasse mais à laquelle elle refuse de donner le nom de Dieu. Oona a peur mais ne le montre pas, elle préfère encore traiter avec des humains, fussent-ils chargés de haine, de peur ou de malice, qu'avec des êtres déshumanisés par une technologie qui les soumet. Contrairement aux recommandations, elle descend la tête haute, vêtue d'une longue robe fluide à bretelles, les cheveux au vent. Cela ne semble pas séduire le comité d'accueil qui baisse les yeux mais se voit obligé de composer avec Oona. Elle représente une force dont ils ont besoin aujourd'hui.

Pour se rendre à la citadelle, dans le centre névralgique de la ville où se tiennent les grands débats entre imams, ils doivent traverser à pied le quartier pavé de la Ponche qui a repris sa fonction première de village de pêcheurs. Tout le monde y est entassé, ce sont les hommes qui ressemblent à des sardines dans une boîte. Désormais, une grande partie de la zone libre s'approvisionne ici en poisson. Oona sent qu'une chose est étrange mais elle met du temps à comprendre ce qui la choque : elle est la seule femme. Elle en aperçoit deux qui marchent au loin avec des enfants, voilées et enceintes. Ses conseillers l'avaient prévenue, elles sont des usines à faire des bébés, on a besoin de monde pour faire une révolution. Oona croise le regard de sa garde rapprochée, ils se comprennent sans se parler. Après une dizaine de minutes de marche en pleine chaleur, Oona et l'imam s'asseyent dans une salle attenante à la mosquée. Il y a d'abord une première réunion assez formelle en présence des notables du village puis, il lui demande une audience en tête à tête. L'imam se tient à bonne distance d'Oona et évite de la regarder dans les yeux, par respect, dit-il. Il a besoin de lui parler de l'avenir.

— Je ne vais pas y aller par quatre chemins, madame Fourcade. Nous allons attaquer.

— Qui nous ?

— Il va falloir me dire si c'est avec ou sans vous.

« Qui est ce "nous" ? » se demande Oona.

Depuis la guerre que la Russie de Poutine avait initiée contre l'Ukraine en 2022, les alliances mondiales et l'équilibre européen s'étaient profondément transformés. *A posteriori*, on pouvait penser que le retrait de l'Afghanistan avait été une des actions clés de cette redistribution des cartes du pouvoir, mais les historiens désignaient le Printemps arabe comme ce que Leslie Miller, la géopoliticienne irlandaise, star des années 2030 avait baptisé « le premier domino ». Cette révolution de pacotille que l'administration d'Obama avait autorisée était une bombe à retardement masquée par les attributs d'une réjouissance éphémère. Elle avait mené à une radicalisation de pays qui tentaient de s'extraire du fanatisme religieux. On étudiait désormais les décisions américaines du début du XXIe siècle sous un œil différent, il fallait toujours du recul pour comprendre l'histoire ou pour avoir l'autorisation de parler de ses chemins de traverse. La nouvelle Turquie qui avait absorbé la Syrie et une partie de l'Iran était maintenant le plus grand allié de la Russie. La terre des tsars n'avait équipé de puces que ses élites financières : ses oligarques qui régnaient sur le pays sous le nom du « club des cent » avaient levé des troupes. À leurs côtés, le groupe Wagner, jadis une armée secrète de Poutine qui avait bien grandi depuis sa création par Dmitri Outkine en 2014. Cet ancien des forces spéciales et du renseignement militaire surnommé « Sa Majesté noire » avait réuni des mercenaires, pour la plupart néonazis comme lui. Il avait basé ses troupes en Argentine mais ils étaient prêts à intervenir n'importe où et n'importe quand et c'est ce qu'ils avaient fait pendant des années du Mali au Donbass en passant par la Libye. Une partie s'était basée au Centrafrique tandis qu'Outkine avait basculé vers la politique, qui n'allait pas forcément de pair avec la démocratie à ses yeux. Chaque journaliste qui avait tenté de dénoncer le groupe Wagner était mort dans des circonstances mystérieuses et violentes. Puis, Outkine avait disparu de la circulation au profit des rumeurs les plus folles. Il se murmurait qu'il était parti vivre sur Mars, qu'il était mort et empaillé à la Maison Blanche ou encore qu'il était toujours vivant et qu'il se baignait chaque matin dans de la glace. Son petit-fils Dimitri, un grand brun musclé aux yeux d'acier, ne démentait ni ne confirmait les rumeurs. Dimitri Outkine était désormais commandant de l'ex-Iran qui avait retrouvé son nom d'Empire perse et qui autorisait une cohabitation entre musulmans et ultra-orthodoxes d'origine russe, à la condition que tous soient de vaillants combattants prêts à faire couler le sang. Et c'est ce qu'ils s'apprêtaient à faire.

L'imam lui avait tout expliqué vite, en un souffle, comme s'il avait peur d'être entendu. Ils voulaient attaquer les pays d'équipés. Il fallait agir avant qu'il ne soit trop tard et reprendre le pouvoir sur le monde en abolissant cette technologie vulgarisée et imposée par un certain ordre social. À leurs côtés, le Pakistan ainsi qu'une grande partie de l'Inde et toute la péninsule Arabique se tenaient prêts à l'action. L'imam disait cela avec le sourire comme si le sang qui allait couler faisait sens, comme si l'on pouvait trouver matière à se réjouir de la guerre.

Comme s'il avait entendu les pensées d'Oona, il parla à voix basse, comme un sage :

— Je me réjouis des conséquences de la guerre, pas de la guerre en soi, madame Fourcade.

Ses yeux pétillent d'intelligence. Oona doit absorber toutes ces informations et faire mine de s'en réjouir, d'adhérer. L'imam lui demande son soutien en plus de sa discrétion. Marseille doit être des leurs, sans leur alliance, le conflit serait très compliqué. Ils sont en première ligne face à Paris et à l'armée française. De plus, ils vont avoir besoin d'utiliser le port pour faire livrer des armes et faire entrer des soldats. Oona se sent soudain perdue entre ses obligations et sa peur que la résistance ne se retrouve prise à son propre piège. Que choisir entre les chrétiens qui jouent un double jeu avec les équipés, et les musulmans qui, à terme, ne leur laisseront pas leur liberté ni leur libre arbitre ? Elle ne pourrait vivre libre sous aucun de ces régimes. Elle, la mère célibataire, effrontée, homosexuelle, libre. Comment réagir ? De la sueur glacée lui coule dans le dos. Oona lui demande une semaine pour mettre les choses en place. Elle achète du temps. Elle doit trouver une solution. Il doit bien exister des pays pacifistes, des lieux de débat, de tiédeur ? Se pourrait-il qu'ils n'aient le choix qu'entre des fous de Dieu et des êtres robotisés ? Lesquels sont à privilégier ? Et vers qui se tourner quand on a perdu foi en Dieu, la science et l'amour ?

— Vous comprenez bien que je ne suis pas seule à prendre pareille décision. Je dois réunir le conseil de Marseille et je vous tiendrai au courant. Je comprends la nécessité du secret mais combien serions-nous ? Avec quelles armes ? quelles nations ? Comment auriez-vous pu vous entraîner sans que les satellites ne le remarquent ? Je ne peux pas envoyer les miens à l'échafaud. Ils m'ont élue pour les protéger.

— Et c'est ce que vous faites. Si nous n'attaquons pas, au rythme des conversions à la puce, nous serons bientôt tous morts ou lobotomisés.

— Que vous parliez de conversion à la puce me semble bien ironique. Pour vous, il s'agit d'une compétition, d'un arbitrage entre une philosophie, une religion ou une autre. Pour moi, il s'agit de maintenir le droit d'être soi, d'être libre.

— Je sais que vous ne m'appréciez pas beaucoup mais au moins nous débattons entre êtres humains, avec nos haines, nos désamours, nos faiblesses, et c'est la seule liberté pour laquelle il faut se battre aujourd'hui.

— Je le répète… Qui est du côté de la liberté ? Quels pays ? Quelles armes ? La décision ne pourra se prendre qu'en connaissance de cause.

— Votre binôme rencontre mon homologue iranien en ce moment même. Il aura toutes les informations qu'il vous faut. Nous vous demandons simplement d'être prêts à vous battre à nos côtés.

— Et comment voulez-vous que je convainque mon peuple de prendre les armes ? Moi qui prône le pacifisme.

— Dieu vous montrera le chemin.

***

À la demande de la présidente des États-Unis, une longue discussion entre chefs d'État vient d'avoir lieu. Elle a tenu à écarter les ministres et autres conseillers afin de limiter le risque de fuite dont son pays a fait l'amère expérience trois semaines auparavant. À chacun de choisir plus tard à qui parler et quelles informations transmettre. Une fois la conversation terminée, Ash reçoit une demande à travers sa puce, quitte son bureau et pénètre dans la voiture officielle, entouré de son garde du corps et de deux drones de dernière génération qui scannent les alentours en le menant au palais de l'Élysée. Même si le niveau de sécurité est au plus haut, le président souhaite une garde rapprochée pour ses ministres suite aux débordements occasionnels de rebelles venus à la capitale. Durant les dix minutes du trajet qui sépare la rue Duquesne et celle du Faubourg-Saint-Honoré, Ash fait défiler dans sa tête l'ensemble des informations que le président a accepté de partager avec lui sur les échanges qu'il vient d'avoir. À son arrivée, dans la salle Alerte, Ash peut embrayer. Ces trois dernières semaines, les équipes du SETI, en collaboration avec les centres spatiaux européen et chinois, ont travaillé à suivre le comportement de cette intelligence extraterrestre ainsi que l'évolution de sa trajectoire. Une donnée semble déjà contredire les informations reçues lors de la rencontre du 23 mars. L'intelligence aurait parcouru une distance deux fois plus longue que prévu. Cela paraît impossible à Ash. À moins d'une erreur grossière du docteur Osipov dans le calcul de sa position le mois dernier, ce résultat est inimaginable. Ash repasse en boucle les résultats de mars et ceux d'aujourd'hui. Les calculs sont corrects, il n'y a aucune approximation. Qu'a-t-il pu se passer ? C'est comme si cette intelligence avait accéléré. Mais avec quelle force ? Elle ne serait à présent qu'à un mois de nous. Le président adresse les éléments supplémentaires qui démontrent la puissance jusque-là sous-estimée de cette entité étrangère. On ne sait toujours pas à quoi elle ressemble. Elle brouille une bonne partie des télescopes de la planète, ainsi que ceux disposés sur la station lunaire. Nos spationautes sur place ne comprennent pas ce qui se passe et n'arrivent plus à communiquer clairement avec leurs équipes sur Terre. Depuis 2038, à la suite de la mise en arrêt de la station internationale, les puissances spatiales mondiales, dont les États-Unis, l'Europe, le Japon et la Chine, ont installé une station sur la Lune pour permettre des expérimentations sous faible gravité, des observations de l'espace ainsi qu'une vérification et un plein énergétique des fusées destinées aux longues explorations de notre système solaire.

À quelques jours d'intervalle seulement, l'intelligence a fait court-circuiter des salles de calculs appartenant aux laboratoires de recherche nationaux. Sur le site de Palo Alto de la NASA, les animaux destinés à l'expérimentation, des rongeurs principalement, situés à seulement quelques blocs des calculateurs, ont très mal réagi au champ magnétique que cette intelligence produisait. Certains sont morts d'arrêt cardiaque et la plupart ont été pris d'une excitation semblable à une crise d'angoisse aiguë. Ash comprend qu'elle ne s'attaque pas directement à nos installations sur la Lune, seulement à empêcher les capteurs lunaires de la suivre. Elle vise clairement la Terre, en particulier les aménagements technologiques et scientifiques.

— Il y a bien pire, annonce le président.

Trois jours après l'incident de Palo Alto, l'intelligence aurait visé des femmes, des hommes et des enfants. Le docteur Michael Osipov et le docteur Elizabeth Roberts avaient capturé un signal intense à destination de la ville d'Arica dans le Nord du Chili. Au même instant, les systèmes informatiques et électriques de la clinique privée Lautaro avaient explosé. Tous les étages avaient pris feu et laissé des dizaines de morts, pour certains carbonisés par les flammes, des patients sous assistance respiratoire étouffés, des centaines de blessés, des survivants traumatisés. En seulement quelques heures, les scientifiques ayant accès aux informations tenues secrètes avaient fait le lien. Officiellement, on a pu entendre sur la chaîne chilienne d'info en continu 24 Horas qu'un phénomène sismique rare aurait pris naissance sous le centre médical. Mais cette histoire risquait de ne pas tenir dans la durée, elle manquait d'éléments scientifiques crédibles.

Ash interrompt le président :

— C'est un test. Elle cherche à estimer sa capacité de nuisance.

Il devient plus clair que cette force extraterrestre a un objectif, des intentions, une conscience d'agir contre l'humanité et toute vie sur Terre.

Le docteur Roberts, confortée par les théories de ses confrères européens, avait suggéré l'idée que l'intelligence utilise cette technique pour estimer la distance à laquelle elle se situe de son point d'impact. Ce qui expliquerait qu'elle ne cherche pas à attaquer la Lune qui est pourtant sur son chemin. Elle serait capable de connaître les conséquences des champs magnétiques envoyés sur Terre au travers des actualités transmises aux équipés. Elle infiltrerait leur puce pour obtenir des informations sur sa cible, la Terre. Plusieurs tests ont validé cette hypothèse. Horizon et ses concurrents n'avaient rien vu. Pourtant, depuis les tentatives de piratage du groupe Anonymous, Horizon avait mis en place un algorithme capable de localiser plus de neuf piratages sur dix. Le piratage repéré, il était souvent trop tard pour empêcher complètement les agissements des acteurs mal intentionnés, mais cela permettait néanmoins à la Défense de localiser la source, d'envoyer des informations erronées ou un logiciel malveillant pour brouiller les pistes du coupable, voire l'identifier. Mais l'intelligence semblait plus discrète et efficace que tous les Anonymous réunis.

Ash demande à parler aux scientifiques de Neuralink, mais le président l'informe qu'ils sont déjà en discussion avec les équipes d'Horizon. À la demande du ministre de la Défense, Chloé avait gardé le secret. Tom est également des leurs. Il ne fait plus de doute qu'il va falloir attaquer les premiers.

Ash comprend et explore à présent les solutions envisagées par les États. Les ressources spatiales européennes, américaines et chinoises ainsi que les moyens militaires d'autres nations comme le Canada, l'Angleterre et la Russie sont sollicités. Plusieurs fusées de dernière génération sont actuellement adaptées pour embarquer des missiles nucléaires. Ces fusées se poseront ensuite sur la Lune pour permettre un lancement en direction de l'intelligence. Durant les trente heures de trajet entre la Terre et la Lune, les scientifiques sur Terre et sur la Lune mesureront à nouveau l'itinéraire et la vitesse de l'intelligence pour programmer les paramètres de lancement des armes nucléaires. Ces missiles autonomes pourront adapter leur trajectoire en temps réel à mesure qu'ils se rapprocheront de l'intelligence, en fonction des résultats de calculs qui seront réalisés au sein des armes elles-mêmes, également protégées contre les champs magnétiques extérieurs, sans risque de piratage. Pour augmenter les chances de réussite, douze missiles seront envoyés simultanément sur des trajectoires différentes.

En amont, plusieurs équipes composées de spécialistes du langage, de la communication extraterrestre ou encore de la négociation tentent d'entrer en contact avec l'intelligence et d'éviter le conflit.

Le pire des scénarios est également envisagé avec une invasion extraterrestre et la mise en place de zones de protection pour une partie des personnes des gouvernements ainsi que des citoyens choisis au hasard. Ash croit halluciner et espère que sa puce va le sortir de cette conversation aux allures de film catastrophe, comme si c'était seulement un mauvais rêve.

Le président insiste sur la nécessité du silence. La situation est suffisamment grave pour que la moindre fuite d'informations se transforme en une explosion sociale pouvant mener à une guerre civile, et certaines choses ont commencé à fuiter. Selon la CIA, cette fuite viendrait de la France, de la zone blanche. C'est improbable, même s'ils ont de bons hackers, ils n'ont aucun moyen technique pour pirater des systèmes à ce niveau. À moins qu'une taupe, de toute évidence équipée, ne soit en relation avec les rebelles. S'il y avait un agent double à ce niveau de responsabilités, les risques ne viendraient pas que de l'espace…

***

Oona remonte sur le bateau. Elle se sent mal à l'aise et a hâte de retrouver Marseille. Et si elle faisait fausse route ? S'il valait mieux se laisser anesthésier par cette puce, se faire dorloter presque comme par une mère intérieure ? Ne serait-ce pas mieux que de prendre le risque de donner le pouvoir à des religieux illuminés et réactionnaires ? Oona aimait tant la liberté, respectait les désirs d'incarnation de chacun, elle avait du mal à comprendre ce besoin des autres de faire plier les gens dans leur vision du monde. N'y avait-il pas de la place pour tous ?

Alors que le voilier s'apprête à larguer les amarres, la police du port leur demande un instant. Sur le vieux cargo voisin, on charge des prisonniers en partance pour la Corse. Oona voyait souvent ces bateaux passer le long des côtes de Marseille, mais c'est la première fois qu'elle voit leur cargaison presque yeux dans les yeux : des hommes, des femmes de tout âge, certains n'ont pas l'air majeurs et s'apprêtent pourtant à embarquer pour ce qui pourrait être leur dernier voyage. Depuis l'équipement généralisé du pays, les prisons ont progressivement disparu du territoire car le gouvernement n'a plus de raison de financer les centres de détention pour des coupables non équipés que la puce aurait empêchés de passer à l'acte. La puce orientait les comportements pour maintenir la paix et l'ordre social. Le gouvernement se permettait même d'interpeller des citoyens qui avaient formulé la simple pensée intérieure de commettre un acte illégal, cela suffisait à ajouter toutes sortes de « réglages » sur leur puce, des versions modernes du bracelet électronique, de la castration chimique ou de la camisole de force…

Des entrepreneurs sans vertu avaient installé des prisons dans l'île de Beauté abandonnée à cause du dérèglement climatique. Les Corses avaient massivement immigré en Bretagne ou en Italie, laissant derrière eux leurs terres surchauffées. Sous la pression du Conseil constitutionnel, l'État français fut dans l'obligation de subventionner une partie des prisons semi-privées de l'île. Si toute la population avait été pucée, ils en auraient été épargnés mais la France restait une démocratie et le refus d'implanter dans son cerveau un équipement technologique un droit. Le gouvernement soutenait quelques programmes de réinsertion, avec en sous-texte la vraie solution pour ces hommes et ces femmes : l'équipement. Il leur apporterait la connaissance, l'apaisement, la mesure. Pour rendre ces prisons plus profitables, les gérants privés proposaient à d'autres pays de payer pour l'incarcération de leurs criminels. Le Canada, l'Angleterre ou encore de plus petites nations comme Malte et le Luxembourg faisaient partie de leurs clients.

Les prisonniers étrangers arrivaient pour la plupart en avion à Barcelone, pour ensuite être amenés en bateau vers la Corse en longeant les côtes françaises. Les criminels français embarquaient du port de la ville de Sète. Les prisons étaient construites de manière à regrouper les rebelles par nationalité afin de les empêcher de discuter de la situation de leurs pays. Certains arrivaient sur l'île pour haute trahison comme des agents administratifs qui avaient établi de fausses identités numériques aux non-équipés voulant naviguer de manière anonyme en zone connectée. On les appelait les passeurs. Il y avait également des sections par degré d'accusation. Les terroristes religieux étaient séparés des meurtriers en série, eux-mêmes mis à distance des proxénètes ou encore des pédophiles. Il y avait également une zone plus vaste, pour tous ceux qui avaient comploté contre le gouvernement ou tenté une attaque. Ces lieux mal entretenus, surchargés, infestés de maladies contre lesquelles les gérants ne se battaient nullement étaient des scandales étouffés. Certains prisonniers mouraient de septicémie, la plupart déjà affaiblis par le cumul de souffrances physiques et mentales. Oona avait rencontré plusieurs d'entre eux une fois libérés. Revenus en zone libre, ils racontaient leurs histoires avilissantes et les droits élémentaires dont on les privait tout en brandissant chaque jour la solution qui les sauverait : se faire implanter la puce. Le triumvirat utilise ces narratifs pour communiquer son plan d'action auprès des communautés militantes libres à travers le monde.

Mais quand elle voit les prisonniers qu'on charge aujourd'hui sur le bateau voisin, Oona comprend qu'il s'agit de tout autre chose, on isole ceux qui n'ont pas respecté les règles coraniques. Oona est l'alliée de gens qui pratiquent la fatwa, qui la puniraient d'être qui elle est s'ils le pouvaient, qui ne toléreraient pas l'Enfant. Alors que le voilier s'éloigne du quai, elle retient un sanglot, elle se doit de composer avec les religieux, elle ne peut pas se résoudre à cette puce inhumaine… Y a-t-il un chemin de lumière ?

***

L'Enfant est assis aux côtés de ses amis Masha, Elie et Pauline. Ils regardent une boîte cylindrique en bois à moitié remplie de gravier et de sable. Quand on la tourne doucement, elle fait un joli bruit. Sur la face extérieure, ils ont collé des clochettes et des rubans de toutes les couleurs. Mademoiselle Clémentine leur a fait construire des instruments inventés de toutes pièces pour qu'ils s'approprient le son, les vibrations et la musique qui accompagnent leurs chants improvisés. La plupart des élèves ont fabriqué leur objet en groupe avec enthousiasme dans une liberté esthétique et fonctionnelle, aussi chaque instrument produit-il un son différent. L'Enfant a voulu créer le sien tout seul. C'est une sorte de petite flûte qu'il a taillée dans un bambou. Il souffle dedans et elle fait un bruit anormalement strident, on croirait une alarme. Il regarde l'institutrice sans battre des cils et déclare :

— Je sais que ce n'est pas une belle musique, mais il me faudra prévenir tout le monde quand le feu arrivera.

La maîtresse tressaille, elle a de l'affection pour l'Enfant mais il lui fait peur et cette prémonition l'angoisse. L'Enfant semble voir les choses avant qu'elles n'apparaissent.

— Que veux-tu dire ? Quel feu ? demande l'institutrice, mais l'Enfant se contente de danser au son des instruments, il semble être passé à autre chose.

Alors l'institutrice, qui ne sait pas qu'une odeur de pneu brûlé a déjà envahi le premier étage, et que le feu crépite dans la cantine, se concentre sur son travail. C'est vite cacophonique, mais la maîtresse sourit, encourage les enfants.

Au troisième étage, on n'entend rien que le tintamarre assourdissant des instruments, la maîtresse s'amuse de l'enthousiasme des jeunes musiciens et danse avec eux. Soudain, elle sent une petite main qui tire sa jupe et voit le visage de l'Enfant. Il semble terrorisé :

— Mademoiselle Clémentine, ils ont peur, leur maître va s'évanouir, la maîtresse va mourir... le courant explose, ça pétille... le feu arrive, il monte vers nous déjà. C'est maintenant !

Elle ne comprend pas ses propos.

— De qui veux-tu parler ?

Il désigne la fenêtre, insiste, la maîtresse ouvre et se penche, l'odeur arrive avec la vision terrifiante d'une fumée noire qui tapisse la rue et semble sortir du rez-de-chaussée du bâtiment. Elle fait alors signe à sa classe d'arrêter de jouer, regarde l'Enfant qui se met à souffler dans sa flûte. Tout le monde s'immobilise. Elle leur recommande de descendre l'escalier et marcher le plus vite possible vers la cour principale, sans précipitation en se tenant par la main pour faire une longue chenille comme ils l'ont répété plusieurs fois. Les enfants sentent la peur et le danger, certains pleurent, mais le son de la flûte de l'Enfant semble les rassembler et les discipliner. Doucement, il les amène à le suivre comme un charmeur de serpents. La file d'élèves emprunte le couloir. Après quelques mètres seulement, des câbles électriques disposés au plafond créent des étincelles, l'un d'entre eux tombe au sol et blesse Masha à la jambe. La fillette hurle de douleur. Mademoiselle Clémentine la prend dans ses bras et court avec les autres élèves vers la porte principale, elle croise alors le regard du maître de la classe voisine qui évacue lui aussi. Ils se comprennent en un instant, ils ne peuvent pas s'autoriser la panique. Le maître et les enfants avancent tout en surveillant le plafond, les câbles électriques dénudés qui le constellent le transforment en un gigantesque feu d'artifice mortifère. Mais, arrivés au palier du premier étage, alors qu'il leur faut en descendre encore un pour arriver à la sortie, des flammes jaillissent. Le professeur leur fait faire demi-tour. Ils courent en sens inverse et se réunissent tous sur une sorte de terrasse qui donne sur la cour de récréation. Ils sont à l'étroit mais sentir qu'ils sont à l'extérieur les rassure un peu. Le professeur appelle à l'aide. Une grande partie des autres élèves est rassemblée sous le préau, loin des fumées étouffantes, et les regarde au loin, l'air terrifié. Comment se fait-il que les alarmes incendies ne se soient pas déclenchées ? Et où est le reste de l'école ? Il n'y en a qu'une trentaine en bas, pareil de leur côté, il doit manquer la moitié des élèves... Pourvu qu'ils soient déjà dehors. Le bruit des planchers qui cèdent sous la chaleur des flammes affole les petits. C'est l'Enfant qui les rassure et prononce d'une voix calme :

— Les pompiers arrivent. Tout ira bien.

Les câbles ne tiennent pas. Il y a une surcharge électrique et ça les fait exploser les uns après les autres comme un domino en bouscule un, puis encore...

Les flammes montent, et les cris aussi. Au rez-de-chaussée, le maître jette les enfants par la fenêtre, et ce malgré leur hauteur ; il vaut mieux qu'ils se cassent un membre que de mourir d'asphyxie. Que peut-il faire d'autre ?

— Je suis désolé, leur dit-il en pleurant.

Et certains crient dehors, certains crient dedans. C'est le chaos. Enfin, il entend les pompiers et s'effondre, le souffle coupé, terrassé d'émotion et de peur.

Alors que la plupart des enfants sont évacués, que les pompiers ont fait descendre l'Enfant et ses camarades dans la cour par une échelle sous les encouragements de tous, l'Enfant sursaute. Sans rien dire, il s'élance dans le hall, malgré les flammes, malgré les cris des pompiers qui le retiennent, mais trop tard, il se fraie déjà un chemin en défiant la douleur ; il s'est souvenu que Nuts, le hamster mascotte de l'école, est prisonnier de sa cage dans la bibliothèque.

Au même moment, Oona tressaille. À peine à quai, elle comprend qu'il y a un problème. Elle est attendue par Mourad. Elle demande tout de suite :

— C'est l'Enfant ?

— C'est l'école, c'est toute l'école ! Il y a le feu.

Oona monte sur la moto derrière Mourad. Très vite, ils s'approchent du Panier à toute allure ; à une centaine de mètres de l'école, elle sent l'odeur du brûlé à travers son casque. Des flammes apparaissent. C'est le quartier tout entier qui semble brûler tant la fumée est épaisse. Cet endroit est cher à Oona car elle est attachée aux symboles. Jadis, quand ce coin insalubre était le cœur de la prostitution de la ville, il était aussi un refuge pour les résistants contre l'Allemagne nazie qui décida de le raser en 1943. Ils détruisirent mille cinq cents immeubles en deux jours, expulsèrent trente mille personnes et en arrêtèrent des milliers d'autres. Au début du XXIe siècle, le Panier fut rénové et réaménagé pour devenir un des symboles de Marseille. Un décor de carte postale entre beauté des édifices, street art, immeubles tassés et construits si proches les uns des autres que les rues étroites ressemblent à des passages secrets et que les voisins peuvent s'embrasser chacun à sa fenêtre de chaque côté de la rue. Des escaliers surgissent de partout et rendent labyrinthique ce coin qui recèle des ruelles escarpées hautes en couleur. On descend à la mer ou on monte au Panier… comme on monte au ciel et on descend en enfer. « Faites que mon enfant aille bien », pense Oona.

***

Dans le salon de l'Élysée, accompagné de sa ministre de l'Économie, le président écoute Chloé, soutenue par son collaborateur Henri. Ils sont assis en cercle et Chloé leur présente la toute nouvelle génération de puce capable de lutter contre certaines formes de cancer. Chloé a d'abord hésité à se déplacer, elle n'aime rien de ce qui est protocolaire mais le conseiller principal du président a insisté en lui précisant qu'elle pourrait ainsi discuter des actions du gouvernement et permettre une adoption rapide de sa technologie. Horizon y travaillait depuis des années. La version actuelle de la puce avait permis d'orienter de manière efficace les habitudes alimentaires, sportives et émotionnelles des individus afin de minimiser les risques de certains cancers. Ce nouvel équipement poussait les choses plus loin car il permettait de moduler le bagage génétique des équipés et luttait ainsi contre d'autres types de cancer, comme certaines tumeurs du sein.

Le président est très attentif. Chloé n'a pas la plus grande amitié pour Grégoire Horeau, mais il est proche de son mari, aussi elle le respecte. Certaines fois comme aujourd'hui, elle comprend mieux leur relation. Elle est surprise par la pertinence de ses questions et son exclamation joyeuse. À l'issue de leur exposé, Henri et Chloé partagent un sourire satisfait. Normalement, Ash est à ses côtés dans ces cas-là, Chloé a un pincement au cœur. Cela dépasse cette absence symbolique, elle comprend que son mariage ne va pas bien, que sa puce ne pourra pas les sauver de tout. Elle n'a pas le temps de s'attarder sur cette émotion car la ministre de l'Économie entre dans le vif du sujet et les questionne sur le coût d'un déploiement massif. Le président fait un calcul grossier des gains que la France pourrait faire en commercialisant cette technologie auprès des Américains. Dans le passé, Neuralink avait licencié l'exploitation d'une des puces d'Horizon sur le sol américain, ce qui avait permis à la France et à Horizon de s'abstraire de toute la logistique sous-jacente à la commercialisation. Neuralink et la défense américaine avaient dépensé quelques centaines de milliards pour permettre à près de trois cents millions de citoyens de bénéficier du progrès initié par la France. Beaucoup pensent que ce coup de maître avait permis à Salma Edwood d'être réélue à la tête des États-Unis d'Amérique.

Le président français interrompt leurs échanges sur les enjeux financiers, il veut comprendre si en modifiant le bagage génétique on pourrait encore augmenter les capacités cognitives. Chloé comprend vite où il veut en venir et elle échange un regard furtif et inquiet avec Henri qui lui laisse la main. Elle explique qu'en théorie ce serait possible, mais qu'Horizon veut rester prudent sur ce genre d'extrapolation, des tests poussés devaient être réalisés avant d'établir la moindre conclusion. Plus important, les conséquences latérales de toute modification de l'ADN peuvent être dangereuses pour la santé des individus. Des cas de dystrophies osseuses sévères chez des rats génétiquement modifiés et en pleine croissance avaient beaucoup inquiété les scientifiques lors des premiers essais. Une puce qui agissait de manière ultra-ciblée sans aucun risque avait finalement été conçue. Le président insiste à travers d'autres questions sur le chemin à parcourir pour obtenir des résultats rapides et prometteurs. Chloé se souvient alors de ce qui lui a toujours déplu chez cet individu. La recherche s'inscrit dans un temps long, tirer des conclusions qui nous arrangent précipitamment est la pire des attitudes. Chloé tente de l'expliquer au président qui entrevoit une opportunité là où elle voit un frein. Il souhaite vendre cette technologie à des pays qui conduiront des travaux de recherche à la place ou en parallèle des études d'Horizon. C'est, selon lui, le seul moyen d'accélérer le progrès. Chloé l'interpelle sur les risques de voir la technologie utilisée à mauvais escient, comme la Chine l'avait fait avec la première version de la puce, une décennie auparavant ! Les échanges continuent et Grégoire Horeau paraît ambigu sur la question chinoise alors même qu'un accord a été passé entre Horizon et l'État français afin d'encadrer de manière stricte la mise en circulation et la commercialisation des technologies actuelles et futures. Même si la Chine faisait partie des plus gros clients d'Horizon, elle était inscrite sur la liste des pays dits « sensibles » au risque élevé de dérives. Chloé interpelle le président par son prénom, cherchant la corde sensible :

— Grégoire, nous ne pouvons pas prendre le risque d'un dérapage. À quelles fins ? Plus de pouvoir, plus d'argent ?

Henri est gêné par la tournure de cette conversation, mais il soutient Chloé d'un signe de tête… Tous comprennent ce que signifierait une vente de la solution aux Chinois. Le début d'un conflit mondial ne pouvait être exclu si les capacités cognitives devenaient une arme de guerre.

Le président écourte la réunion, il n'aime pas qu'on lui tienne tête et ne semble pas se préoccuper de l'avis de ses interlocuteurs quand il ne le partage pas. Alors qu'on les raccompagne pour leur indiquer la fin de la réunion, ils croisent Ash qui semble étonné de voir Chloé. Pourtant, quand on l'avait contactée ce matin pour demander cette réunion au pied levé et qu'elle avait demandé la présence de son mari, on lui avait répondu qu'il était dans une affaire de la plus haute urgence. Chloé commence à comprendre le jeu du président. Diviser pour mieux régner et pouvoir orienter deux discussions parallèles. Ensemble, le couple était trop fort, ils auraient pu cerner ses intentions et se monter contre lui. Ash la regarde et comprend en un instant.

— Cela doit être un malentendu de la part de mon assistant.

Chloé conclut en rappelant au président qu'il n'a pas le droit de négocier avec la Chine et que l'État français n'est plus actionnaire majoritaire d'Horizon depuis le scandale du rayon poissonnerie.

— Vous nous avez lâchés au pire moment, précise Chloé.

À l'assemblée générale de l'entreprise de décider avec éthique et responsabilité du futur de la nouvelle solution, pas au gouvernement. Ash tente de calmer la situation, rien ne peut être décidé du côté du gouvernement sans une consultation du Conseil des ministres. Ash passe une main dans le dos de Chloé pour lui témoigner son soutien et pourtant à ce moment précis, elle a envie de pleurer.

***

Oona court. Elle a passé la journée en réunion avec Mourad et Milo et plusieurs de leurs conseillers. Dans son sac, elle a le rapport d'expertise, on sait désormais que l'école est responsable. Depuis plusieurs années, le directeur de la Bubble School, qui cherchait à tout prix à faire des économies, avait décidé de mettre au jour tous les câbles jusque-là cachés dans le plafond. C'était un moyen facile pour le personnel technique de l'école de contrôler les circuits électriques à l'œil nu. Mais la gaine n'avait pas été étudiée pour résister aux rayons ultraviolets et à la chaleur du soleil du Sud. Le caoutchouc qui la recouvrait s'était détérioré. L'école n'avait pas assez de moyens depuis la fermeture du ministère de l'Éducation nationale, et la Ville de Marseille était coincée dans un jeu politique qui l'amenait à financer à parts égales les écoles musulmanes, les institutions catholiques et les écoles publiques laïques comme Bubble. En un sens, l'État français était à l'origine du manque de moyens, mais évidemment rien n'avait été fait de façon directe pour blesser les écoliers marseillais. Pourtant, la rumeur est lancée : Paris a voulu tuer leurs enfants...

Toute la journée, certains ont voulu se servir de ce flou pour lancer une révolte, c'est ce dont ils ont besoin précisément en ce moment afin d'autoriser les troupes de guerre des pays avoisinants à amarrer sous peu. Oona n'est pas prête à mentir, pas disposée à alimenter la violence. Elle veut la liberté mais se demande quel sera le prix à payer.

Elle court parce qu'elle est en retard mais aussi pour semer ses pensées et ses peurs. La voilà en nage devant le service des grands brûlés. C'est un jour important, l'Enfant sort de l'hôpital aujourd'hui malgré la gravité de ses brûlures, dont une qui lui balafre le visage. Oona s'excuse auprès des médecins, elle arrive essoufflée. Les infirmières sourient et lui montrent l'Enfant et son amie Camille qui rient aux éclats. Le père de

Camille, Juan, est là. Il leur lit une histoire d'un certain Roald Dahl sur un vieux livre. Quand il lève les yeux et croise ceux d'Oona, ils se regardent quelques secondes de trop et il se dit une chose en silence, qui parle de désir, peut-être même d'amour. Oona remercie Juan pour la lecture. Elle aide l'Enfant à mettre ses chaussures. Juan va embrasser sa fille sur le front, sa mère arrive pour prendre le relais. L'Enfant promet de revenir voir son amie vite. Puis, ils sortent tous les trois, Juan, Oona et l'Enfant. Juan prend son sac trop lourd et les fait entrer dans l'ascenseur. L'Enfant a la tête bandée, il a encore du mal à marcher. Juan le prend dans ses bras et les accompagne jusqu'à l'appartement, sans avoir besoin de l'expliquer, comme une famille. Et dans l'escalier, alors qu'il porte l'Enfant, Oona s'arrête un instant et les regarde, émue.

J-32

16 avril 2050

Depuis l'avancée inattendue de l'intelligence, Tom est sous pression. La moindre erreur pourrait mettre l'humanité en danger. Il travaille jour et nuit pour l'agence spatiale européenne et les laboratoires de la NASA, sous la houlette du directeur du SETI. Les ingénieurs à cran tentent de pirater un système qu'ils ne connaissent pas.

Anis Tagdar, le directeur adjoint de Tom, a pris momentanément ses fonctions chez Hyperloop, ce qui permet à Tom de se concentrer pleinement sur l'approche de l'intelligence mystérieuse. Tom n'aurait jamais imaginé travailler un jour sous la direction d'un astrophysicien d'origine russe pour le centre spatial américain dans le but d'intercepter un alien – on aurait pu croire au début d'une blague.

Tom dort le minimum imposé par sa puce. Il a prévenu sa mère qu'il ne la verrait pas ce mois-ci ; son camarade gallois en revanche n'avait pas apprécié, sans lui il ne pouvait pas réaliser les transactions nécessaires à l'arrivée des fonds sur les comptes bancaires bretons. Il lui fallait un agent du côté français pour masquer les flux de données, conserver la régularité des mouvements bancaires et éviter toute surcharge inhabituelle sur les serveurs et dans les fichiers log. Depuis quelques années, on utilisait l'ordinateur quantique pour réaliser certaines opérations informatiques comme la détection de fraude, le traçage de marchandises ou la cryptographie. La puissance de ces machines avait permis de dépasser des limites tant dans la taille des calculs à résoudre que dans leur complexité. Tom se connectait systématiquement au calculateur quantique de son entreprise pour « cracker » les mots de passe des comptes qui lui permettaient d'accéder aux autres serveurs, comme celui du ministère de la Défense pour suivre Ash. Mais dans ce cas précis, le type d'opération à réaliser lui imposait d'utiliser des ordinateurs classiques, aussi devait-il être prudent. Un algorithme pouvait à tout moment détecter une exécution singulière et alerter les équipes pour remonter la nouvelle aux services de l'État. Tom est trop occupé avec la NASA pour faire quoi que ce soit d'autre, aussi en quarante-huit heures, une pile de transactions bancaires est en attente du côté de Keltix qui s'impatiente. Tom ne sait pas qu'une révolte d'ampleur est proche et que les fonds vont servir à des fins belliqueuses, on lui dit que certaines familles ne peuvent plus manger, on joue sur la corde sensible... Sous pression, Tom contacte Keltix de chez lui depuis son ordinateur personnel. Il a l'idée d'utiliser Hyperloop pour cacher l'opération financière. Le principe est simple : inscrire dans les fichiers clients de la société une erreur de facturation auprès de la région bretonne pour un service de maintenance d'un tunnel entre les villes de Rennes et Auray. Une facture incohérente au regard de la mise en service gracieuse des trains par la société. Tom exécuterait un transfert d'argent vers la banque armoricaine en simulant un virement du compte d'Hyperloop en direction d'un compte fictif derrière lequel se cachent les comptes des Bretons. Keltix s'inquiète des détails de la piraterie qu'il n'a jamais faite auparavant mais Tom sait être convaincant et lance l'opération avant de retourner travailler avec la NASA.

Tom ne peut imaginer qu'Anis a modifié le réseau informatique le plus sensible de la société pour y intégrer un ordinateur personnel bien qu'acheté par Hyperloop et authentifié par les systèmes de sécurité, il le notifie à Tom alors qu'il arrive à Matignon. Anis croit bien faire et lui dit pouvoir ainsi surveiller de plus près tout ce qui transite sur les machines d'Hyperloop en faisant tourner de nouveaux algorithmes de contrôle récemment validés par la société. Il est inquiet car certain qu'une connexion provenant de l'Ouest du continent a violé la base de données d'achats. Anis a détourné l'adresse en direction du serveur principal d'Hyperloop en le faisant passer par sa propre machine, il est en train de remonter vers le pirate, c'est une question de minutes, une heure grand maximum. Le cœur de Tom s'emballe, il s'isole rapidement dans une des salles mises à disposition de son équipe. Il tente de contacter Keltix sans succès. Le seul moyen de s'en sortir serait de pirater avec agressivité le réseau dans le but de bloquer la recherche d'Anis. Mais Tom ne peut rien faire de là où il est, la surveillance est à son plus haut niveau. Il ne peut pas rentrer chez lui non plus au risque d'alimenter les soupçons. À peine quinze minutes plus tard, Anis a la nausée quand, entouré de deux agents de la sécurité nationale qu'il a eu le malheur de prévenir, il découvre l'identité du pirate. En croyant bien faire, il a condamné son ami. Tom n'est pas surpris quand des gardes armés l'embarquent dans une pièce où l'attend l'hologramme du ministre de la Défense actuellement au Canada. Il est mis à l'isolement, soupçonné de haute trahison. En 2050, l'écrasante majorité des acteurs de la loi a disparu au regard de la chute du nombre de crimes et de délits au sein d'une population massivement équipée. Seul un groupe limité d'avocats et de juges est encore actif sur le territoire et d'astreinte permanente. Il faudra plusieurs jours avant de démarrer l'instruction, mais cette affaire relative à la protection nationale permet au président de décider de l'incarcération immédiate du présumé coupable en attendant d'être présenté au juge. Avant son emprisonnement, un médecin administrera à Tom un relaxant afin de le faire entrer dans un demi-sommeil et de désactiver en partie sa puce. Il sera ensuite transféré à la prison d'Ajaccio d'où il risque de ne plus jamais sortir.

J-30

18 avril 2050

Dans les jours qui suivirent, la rumeur enfla ; il se disait que l'incendie était criminel, orchestré par Paris. On affirmait que l'État allait se débarrasser des écoles et des générations qui ne grandissaient pas avec la puce. On murmurait qu'ils voulaient une humanité sans libre arbitre, des enfants comme des disques durs que l'on pouvait nourrir d'informations, d'émotions et d'attitudes choisies. La peur gagnait du terrain, on la chantait, on la slamait, on la peignait, on l'écrivait. Marseille bouillait, au propre comme au figuré. L'été commençait au printemps, on craignait une canicule dès le mois d'avril.

Oona passait du temps au chevet de l'Enfant, mais elle devait travailler pour sa ville. Elle sentait la terreur s'immiscer. Juan la soulageait. Naturellement après ce départ de l'hôpital, il les avait accompagnés, puis il était resté dormir sur le canapé, comme un chat qu'on recueille et qui semble avoir toujours fait partie du décor.

Les jours passaient plus doucement parce qu'Oona attendait de savoir s'il rentrerait, puis il passait la tête par la porte, doucement, comme pour demander l'autorisation, ils se souriaient et elle se sentait bien. Elle aurait eu besoin de parler de tout ce qu'elle avait sur le cœur, de ces attaques secrètes qui se préparaient, mais elle avait juré le secret et il pesait sur son cœur… Voir Juan l'apaisait, la façon dont il parlait doucement à l'Enfant, son odeur de vétiver sur le canapé, tout lui faisait du bien. Et puis très tôt, ce 18 avril, alors qu'il partait travailler, Oona a couru derrière lui dans l'escalier. Elle l'a regardé avec insistance, il l'a plaquée contre le mur et il l'a embrassée, puis ils ont fait l'amour vite, fort. Elle n'avait pas été touchée par un homme depuis son adolescence.

Et, comme s'il y avait une envie sauvage dans l'air, c'est ce jour-là que la peur était devenue colère. La révolte avait commencé dans les quartiers nord, aidée par les prêches dans plusieurs mosquées. À El-Qouds, l'imam avait versé des larmes avant de demander justice et de lâcher une foule de croyants en liesse. Dans les beaux quartiers, on avait martelé à chaque passant que leurs enfants n'étaient plus en sécurité, que l'État brûlerait à nouveau des maternelles et des crèches, que s'ils refusaient la vérité, alors elle se chargerait d'eux. Et la foule s'était soulevée. Certains marchaient vers la cité phocéenne depuis l'aube. On avait entendu des clameurs, les gens qui passaient, en liesse d'être ensemble contre un ennemi commun, assoiffés de sang, de revanche, d'animalité sous couvert de liberté, un mot que tous scandaient en s'attroupant vers le port. Oona les avait entendus sous ses fenêtres et elle avait vite compris, cet incendie n'était en fait qu'une braise et leur mensonge par omission, un poison qui pouvait déchirer un pays. Marseille faisait plus de deux fois la taille de Paris et le Sud surpeuplé, cabossé était fier et ce matin, les Marseillais tous ensemble affublés d'un brassard bleu, le poing en l'air, ressemblaient à une armée.

J-22

26 avril 2050

Quinze jours séparent les derniers échanges entre tous les gouvernements, les docteurs Osipov et Roberts, pourtant une période beaucoup plus longue semble s'être écoulée. Depuis l'incident de la clinique au Chili, plusieurs villes ont été touchées, parfois avec de nombreux morts. Des tremblements de terre précédés systématiquement de coupures d'électricité ont eu lieu en Égypte, en Afrique du Sud, au Kenya et en Afghanistan. Le choix de ces lieux ne semble pas répondre à une logique particulière. Mais le même schéma se répète à chaque événement : des secousses de plus en plus intenses suivies d'une sorte d'explosion de bâtiments soumis à des surcharges électriques élevées. Un incident différent a été remarqué en Australie, dans un spa de la ville de Sydney. Depuis presque deux décennies, les progrès technologiques avaient fait naître des machines de massages sophistiquées qui permettent de profiter de tous les types de modelage, du simple soin suédois à celui en profondeur avec des points de pression issus de la médecine chinoise. Le samedi 23 avril, le planning du spa était rempli, chaque robot fonctionnait sans discontinuité. En début d'après-midi, les lumières des salles de massage s'éteignirent alors que les soins continuaient. Les clients avaient pour la plupart les yeux fermés, certains pensèrent à une nouvelle formule dans le noir complet afin de se concentrer davantage sur les bienfaits du massage. Mais en quelques minutes, les machines commencèrent à accélérer les mouvements, intensifier les pressions jusqu'à fracturer une clavicule, un os de la hanche ou du poignet chez plusieurs clients. Les cris s'entendirent jusque dans les bassins de la piscine à l'autre bout du bâtiment. Les portes bloquées empêchaient le personnel de venir à la rescousse des clients « pris en otage par les machines ». L'ouverture des portes fut finalement activée automatiquement six minutes plus tard. Dans d'autres pays, dont la France, le Japon et l'Angleterre, d'autres histoires circulent, les algorithmes semblent prendre le contrôle. Une peur globale s'est installée.

Un mélange de fuites, rumeurs et fausses nouvelles se propage rapidement, on entend dire que la NASA et le Centre spatial européen sont sur le qui-vive. Les thèses complotistes et autres extrapolations fantasmagoriques vont bon train. La théorie d'une invasion extraterrestre prend forme chez une minorité bruyante. On parle d'aliens à trois têtes et six jambes, de monstres aux allures de reptiles, ou encore de robots humanoïdes provenant d'un autre espace-temps. Les équipés voient leurs émotions contrôlées, ce qui les empêche de tomber dans la folie ou la passion dangereuse. Mais ils argumentent, demandent à être écoutés et à obtenir des réponses à leurs questions. Les États sont sous pression. Beaucoup de non-équipés se réfugient dans la foi. À Marseille, les églises et les mosquées sont pleines. La minuscule communauté juive qui restait à Carpentras s'est mise en marche vers Jérusalem. Les gens prient en famille, parfois plusieurs fois par jour. Les non-croyants comme Oona s'inquiètent de leur sort et de celui de leurs proches. Avec ou sans puce, les êtres humains se divisent comme ils l'ont toujours fait dans les crises.

J-18

30 avril 2050

En plein Conseil des ministres, le secrétaire général de l'Élysée s'approche du président et lui dépose un mot manuscrit dans la main. Les puces des membres du gouvernement sont en partie désactivées, pour limiter entre autres les risques de fuites, de communication pendant la réunion, et surtout de piratages, aussi ce message est-il le seul moyen de communiquer. Le président le déplie et demande à reporter la suite de l'ordre du jour. Il se lève et, d'un signe de tête, enjoint à Ash et au ministre de la Défense de le suivre. Le président et ses deux ministres s'installent en salle alerte autour des hologrammes des chefs d'État. La présidente américaine est blanche comme un linge :

— Ils arrivent.

La situation risque de leur échapper à tout moment, des rumeurs circulent et toutes les populations vont réagir dans la panique. Salma Edwood résume les quelques exemples de manifestations improvisées et désordonnées dans son pays, mais aussi des cas de mouvements bien plus grands, organisés par la secte de Diguan. Le président français a lu une note sur ce pseudo-médecin, mais n'avait pas mesuré le danger, ne voyant en cet homme qu'un illuminé supplémentaire qui se faisait de l'argent sur le dos des plus fragiles. Ce que tous avaient sous-estimé était la vague d'adhésion récente dans la philosophie de Diguan à la suite de l'incident en Australie. Il ne cessait de répéter que des robots seraient devenus fous car la singularité technologique se diffusait. Ces arguments avaient permis à Rafael Diguan d'attirer encore plus de disciples dans sa secte où l'on réapprenait à vivre sans intelligences artificielles, sans algorithmes. Selon le manifeste de la communauté, lorsque les machines accéderont à la singularité, elles ne s'en prendront qu'à ceux qui les utilisent massivement. Ceux que ces technologies numériques ont transformés en esclaves, alors qu'ils croient en l'inverse. Ce même Rafael avait expliqué à l'époque le fameux scandale de la poissonnerie par le signe d'une intelligence artificielle quasi humaine qui avait pénétré le cerveau de ce pauvre homme. En quelques jours, la communauté du maître Diguan avait été multipliée par dix et cela avait été l'origine de ce culte. Les fichiers d'inscriptions se remplissaient autant que les comptes bancaires de sa société. Les stocks de Neuralink et d'Horizon en revanche avaient chuté de près de 30 % depuis quarante-huit heures. Les investisseurs s'inquiétaient des deux côtés de l'Atlantique.

Au cours de cette réunion d'urgence, chaque chef d'État établit rapidement les incidents n'ayant pas été divulgués par la presse nationale, passant sous silence ceux qui avaient déjà fait la couverture des plus grands médias avec comme conséquence des vagues de panique qui en appellent d'autres. Les dirigeants s'accordent sur la préparation d'un plan de communication qui prenne toutes les précautions nécessaires pour éviter des émeutes généralisées. Le président japonais demande des explications aux dirigeants européens sur l'arrestation du dirigeant technique d'Hyperloop. Le président français s'explique avec transparence et humilité, affirmant à ses homologues que la situation est gérée de très près, sans aucun risque sur la qualité du travail des équipes du Centre spatial européen. Les conclusions encore trop floues du docteur Roberts sur les intentions de cette intelligence en approche ne rassurent pas les chefs d'État. Des ingénieurs en analyse sémantique automatisée, des physiciens, des psychologues, des négociateurs spécialisés dans la modération terroriste, ainsi que des linguistes sont sollicités pour effectuer une multitude de tests dont la plupart sont déjà en cours. En attendant, il faut avancer sur la construction de ce qui ressemble à un plan de sauvetage de la planète. Le président chinois présente en réalité virtuelle une fusée contenant douze missiles nucléaires destinée à partir dans deux jours en direction de la Lune. À une distance calculée par les scientifiques, ces missiles seront ensuite lancés comme convenu par une autre fusée déjà présente au sein de la station lunaire, selon plusieurs directions pour balayer l'espace que cette intelligence pouvait occuper. Le directeur du SETI le confirme, l'intelligence a ralenti son approche mais les raisons sont encore méconnues. Selon les calculs des scientifiques, son impact serait prévu entre le 28 et le 29 mai. On prépare à présent les éléments de langage et les messages clés pour une annonce coordonnée et mondiale, la première du genre dans l'histoire de l'humanité.

J-3

15 mai 2050

Ash connaissait Juan sous l'identifiant 95A0124 mais aussi sous le matricule M200 des services francais, et ce dernier l'avait rassuré : Oona avait même goûté aux joies du sexe masculin. Il n'y avait rien à craindre de ce côté-là et il ne semblait pas que les deux femmes soient en contact, elle n'avait jamais évoqué Chloé. Ash pouvait demander des missions aux services secrets et sa jalousie était allée si loin qu'il avait mentionné une peur de trahison de la part de sa propre épouse. Il ne parvenait pas à posséder Chloé complètement, il le sentait. Il fallait lui faire un enfant, la compléter, fusionner en elle. Ça devenait une envie violente, comme s'il voulait la marquer au fer rouge, mêler sa chair à la sienne.

Après s'être dérobé au ministère en prétextant un rendez-vous de la plus haute importance, Ash sent un besoin de déconnecter sa puce pour faire un enfant comme ses ancêtres avec lui, « comme un être humain », pense-t-il. Il se rend au sous-sol du ministère et demande une déconnexion pour la demi-journée.

Son statut de ministre ne lui permet plus certaines libertés dont il avait pris l'habitude. Une autorisation officielle est désormais nécessaire. Puis, il se précipite au laboratoire, enlace sa femme et lui dit qu'il veut un enfant d'elle, que ce serait leur plus belle création. Chloé le repousse, elle a du mal à lui faire comprendre que c'est pour elle que ce constat est le plus douloureux : elle ne veut pas d'enfant. Elle fait partie de cette dernière génération élevée avec des diktats féminins et des images d'Épinal, mais elle leur désobéira, désormais, elle en est certaine. Elle peut enfin le dire à Ash car elle vient de se l'avouer pour la première fois. Chloé ne tient pas à combler cette vanité de reproduction, elle a peur du monde qui se profile et dont elle est en partie responsable. Que ferait-elle avec son enfant ? Elle voudrait à la fois le protéger et lui enseigner des choses qui sont désormais contenues dans une puce. L'apprentissage, la découverte et la curiosité qui liaient jadis un enfant à ses parents ne font plus partie de la vie telle qu'elle l'a connue. Elle a le sentiment d'être prise à son propre piège, cette interrogation sur l'enfantement vient bousculer un nombre immense de questions et la bouleverse. Et si elle était dans l'erreur ? Pour tout, sa vie amoureuse, sa vie de scientifique, ses certitudes ?

Malgré la puce qui envoie des hormones pour le calmer, Ash se tend, il sent une violence monter en lui. Pour le moment, elle est verbale, il dit à Chloé qu'elle n'est pas une femme, qu'elle devrait ressentir ce besoin dans ses entrailles. Puis il lui attrape les deux mains fermement et crie :

— Tu ne m'aimes plus, c'est ça ? C'est moi qui te dégoûte ? Tu voudrais l'enfant d'un autre ?

La discussion est impossible, Chloé a réveillé les douleurs d'Ash en lui parlant de ses propres doutes ; alors que leurs névroses se sont toujours complétées, soudain elles s'entrechoquent et les deux scientifiques savent que cette équation n'a pour solution que de la douleur, des larmes, sans doute même une séparation. Alors Ash, dont la puce ne semble plus rien contrôler, peut-être à cause des déconnexions de plus en plus fréquentes, se met à taper sur le mur jusqu'à ce que ses mains soient à vif, et Chloé qui tente de le retenir est couverte de son sang que ses larmes nettoient. Une seule chose demeure claire dans la tête de Chloé, le visage d'Oona qui prend toute la place.

***

Oona a le cœur lourd, elle a oublié la forme de son sourire. À Marseille, la violence ne cesse de monter, les gens se préparent, s'arment, l'avocat Blunt fait tribune et lorgne le triumvirat. Les quartiers ressemblent à des bases militaires avec des escadrons improvisés prêts à en découdre avec « la capitale », « les pucés », « les incendiaires »… Oona sait qu'elle ne pourra éviter le sang, la colère est à son comble.

Le triumvirat, qui connaît la vérité sur l'incendie, se tait. Une réunion s'est tenue dans la pyramide ce matin avec les chefs religieux et Rafael, tous sont d'avis de profiter de cette colère car ils sont à l'aube de la grande révolte. Oona doit trouver en elle des ressources qu'elle ignore pour trahir sa morale et son amour de la vérité. Avec ses responsabilités sont nées des obligations et toutes les causes, toutes les guerres, toutes les révoltes doivent faire couler le sang.

Son enfant est toujours bandé comme une momie et elle ne peut le serrer dans ses bras. Il chante, innocent, et demande à sa maman de danser comme la ballerine qu'il a dans une boule à neige…

— Ça a vraiment existé la neige, Maman ?

— Oui.

— Raconte-moi.

— Encore ?

— Oui.

Jour J

18 mai 2050

Ash n'a pas attendu qu'on lui donne la permission d'entrer. Il pousse la porte du bureau présidentiel en hurlant.

— Tu te fous de ma gueule ?

Sa puce est reconnectée sinon il aurait sans doute perdu le contrôle face à celui qu'il pensait être son ami. Grégoire se lève immédiatement et répond sur un ton glacial :

— Dois-je vous rappeler que je suis votre président ? Et que vous me devez un certain respect ?

— Tom avait un système de sécurité installé dans sa puce qui, en cas de désactivation par tes services, me faisait transmettre un rapport en urgence. Comment as-tu pu cacher un secret d'État ? Laisser la Corée s'en tirer après avoir inoculé un virus, te compromettre de la sorte avec la Chine ? Avec un pays qui ne respecte pas les droits de l'Homme ! Tu veux donner raison à la résistance ?

— Ce ne sont pas des résistants, ce sont des abrutis.

— Je commence sincèrement à en douter. Et ce que j'entends sur les SDF qui seraient équipés de force, c'est la vérité ?

— Chacun ses souris de laboratoire et son terrain de jeu. Retourne faire tes expériences, tu n'es pas taillé pour la politique.

— Chloé avait raison.

— Ça ne l'empêche pas de ne pas vouloir un enfant avec un type comme toi.

La colère s'empare d'Ash, comme si sa puce ne le protégeait plus de rien, et il décroche une droite dans la mâchoire du président de la République. Il sort, court, il doit rattraper Chloé, s'excuser, il s'est trompé sur tant de choses. Alors qu'il dévale les escaliers, il tente d'entrer en communication avec Chloé mais c'est comme si l'accès était bloqué, comme s'il ne pouvait plus se connecter à sa femme, comme si… Serait-ce possible ?

Le porte-parole du gouvernement arrive alors à bout de souffle, Ash doit se rendre d'urgence dans la salle Alerte.

***

Des troupes sont prêtes dans la plupart des pays non équipés. Armées de munitions lourdes pour certaines, de fourches et de poings levés pour d'autres, sur des tanks, des navires ou des dromadaires, des chevaux, des armées puissantes, d'autres de pacotille mais dont la même colère gronde. Ils sont là pour leur survie. Ils se battront pour mourir comme des êtres humains plutôt que de prendre le risque de vivre en robots.

Ils ont réussi à tromper la surveillance des puissants, en se déplaçant de nuit, en imposant un jeu technologique qu'on pensait qu'ils n'étaient plus capables de jouer, envoyant des leurres, trompant les algorithmes à coups d'images immobiles tandis que des masses d'hommes avançaient. Ils ont également été aidés technologiquement par des ingénieurs traîtres dans les zones connectées de certains pays, dont la France. Ils sont maintenant massés à la frontière entre l'Italie et la France, prêts à rejoindre la résistance sudiste. D'autres vont embarquer dans le port d'Alger, prêts à prendre l'Europe d'assaut. Depuis le milieu de la nuit, les troupes de libération du Sud de la France se sont rassemblées à ce qu'elles nomment la Frontière, du renfort venu d'Espagne estimé à des centaines de milliers d'hommes est massé dans la principauté d'Andorre. La Bretagne a marché toute la nuit en direction de Paris, on évoque cent mille soldats. La prison d'Ajaccio aussi s'est révoltée sous l'impulsion de Tom. Il les guide et ils sont sur le point de monter à bord de dizaines de bateaux. Les rapports sont catastrophiques et inattendus. Certains lèvent le poing au nom de Dieu, d'autres en celui de la liberté, tous préfèrent mourir que de sacrifier l'humanité à cette puce qui les annihile même sous prétexte de progrès. Les armes à la main, ils sont prêts à se battre. Le président ne peut croire qu'ils apprennent cela aujourd'hui seulement. Les services secrets n'ont rien vu ? Leurs agents infiltrés ? Comment les rebelles ont-ils pu préparer tant de troupes ? On lui annonce également des menaces qui arrivent depuis l'Afrique du Nord, l'Italie et la

Hongrie. Il semblerait que les pays du golfe Arabique se réveillent eux aussi. À Marseille, des navires du monde entier accostent sous la clameur de la foule prête à en découdre avec le gouvernement. Quand le ministre de la Défense l'annonce au président, celui-ci est de dos, il ne voit pas encore son visage tuméfié, puis il se tourne et ouvre la bouche, incrédule, un filet de sang glisse sur son menton. Le président n'a pas le temps de prendre pleinement conscience du soulèvement qui s'annonce et le ministre n'a pas le loisir de s'en étonner. Il le presse, il y a plus grave, il doit se rendre d'urgence dans la salle Alerte. Il marche dans les couloirs, on lui demande de courir… Vite, il n'y a pas de temps à perdre. Des images se bousculent dans sa tête, que peut-il se passer pour qu'on le fasse courir dans les longs tunnels du sous-sol de l'Élysée ? Et pourquoi Ash court dans l'autre sens et ne le regarde même pas ? Quand le président de la République française franchit le seuil de la porte de la salle de crise, il n'a qu'à regarder le visage de ces conseillers et l'hologramme effrayé de la présidente américaine, pour comprendre : ils arrivent. C'est une question de minutes. Une chose en lui soudain voudrait croire en Dieu. Et il se demande pourquoi il a peur, il n'a pas ressenti ça depuis si longtemps.

***

Les pansements hydrocolloïdes, le gel humide et les bandages sur la tête de l'Enfant le protègent. Pour une raison inconnue pour elle, la troisième intelligence ne peut prendre le contrôle de son esprit. Mais il comprend qu'ils se rapprochent, il sent leur présence et c'est une lutte. Il crie, il appelle « maman, maman ». La vieille voisine qui le garde aujourd'hui est désemparée. Sa mère n'est pas près de lui. Elle est au front, elle lui a promis de rentrer ce soir, de ne pas partir avec les troupes. Mais ils ont besoin d'elle pour les galvaniser. Elle ne sait pas si elle est dans le juste, elle a menti au peuple, elle se compromet avec des chefs religieux aux idées qui la dégoûtent. Aussi étrange que cela puisse paraître, c'est Chloé qu'elle voudrait voir en ce moment. Elle regrette de ne pas avoir discuté plus longuement avec elle, un chemin d'entente aurait sans doute été mieux que le sang qui s'apprête à couler et va tacher son honneur pour toujours. Juan la regarde au loin, elle a toujours eu un doute avec le désir masculin, il semble souvent à la limite d'une envie carnassière, il y a une violence qu'elle a toujours haïe. Et soudain, alors qu'elle entend la foule en liesse et qu'elle doit s'adresser à elle dans un instant, elle comprend que sa place n'est pas ici et que l'Enfant a besoin d'elle. Alors, elle s'en va, elle quitte tout cela et s'avance sans hésiter vers le centre de sa vie. Sans pouvoir l'expliquer, elle sait que l'Enfant l'appelle et elle hâte le pas. C'est un cri d'amour, silencieux, évident.

Au Vatican, on vient d'entrer en courant et sans frapper dans le bureau du Saint-Père. Le conseiller à la Défense vient lui expliquer ce qui se passe mais au bout de quelques minutes, il doit se rendre à l'évidence, le pape ne semble plus comprendre l'italien.

Au Texas, les fidèles de Rafael Diguan sont en état d'alerte, ceux qui ont le moins peur poussent ceux qui semblent tétanisés à entrer dans les abris souterrains et à se barricader mais certains ne peuvent plus bouger, comme hypnotisés par un chant de sirènes invisibles. Le docteur lui-même a du mal à croire en l'arrivée de sa prophétie, il est secoué de tremblements, presque des spasmes.

Le train file à une allure folle et le cœur de Chloé le suit. Une sensation de peur l'envahit. Ces dix dernières années, elle ne déconnectait les fonctions principales de sa puce que dans des lieux précis, même sa liberté était encadrée. Elle a le sentiment de faire l'école buissonnière, de ne plus rien peser. D'être libre. Elle ne sait pas qu'Ash tente d'entrer en contact avec elle, qu'il veut la prévenir de l'arrivée de la troisième intelligence qui a accéléré à une vitesse incompréhensible pour les humains, une rapidité qui défie les lois de la physique telle qu'ils la connaissent. Elle est toute proche, elle est là, elle arrive. Mais trop tard. Ash ne peut plus rien envoyer, Chloé ne peut plus recevoir et la force est là. Chloé, comme le reste des êtres humains, a le temps de ressentir ce message télépathique, « nous venons en paix » mais, l'instant d'après, l'Hyperloop perd de la vitesse en un instant et ses trois logiciels de secours se déconnectent en même temps. Le train se fracasse sur les parois du tunnel à une vitesse vertigineuse, la tête de Chloé tape le sol. Noir.

La troisième intelligence est ici et, qu'elle lui veuille du bien ou non, elle est autre chose que l'humanité.

Une chose contre laquelle il va falloir se battre pour survivre. Une chose contre laquelle il va falloir résister ensemble. Ensemble. Le mot reprend tout son sens, c'est l'Enfant qui le prononce quand il voit sa mère. « Ensemble. » Et sans puce, sans connexion internet, sans machine, sans livre, sans rien que ce qu'ils sont, ils se comprennent et se sourient.

Remerciements

Aurélie Jean et Amanda Sthers souhaitent remercier chaleureusement Lionel Naccache, Dr Philippe Benillouche, Sylvain Costes, Oscar Bruel et Jane Krantz.

Graphiste de couverture : Raphaëlle Faguer
Préparation de copie : Sophie Loria
Correction : Nolwen Terrien
Fabrication : Marine Garguy et Sébastien Dos Santos
Composition et mise en pages : Nord Compo à Villeneuve-d'Ascq
Photograveur : IGS-CP

La couverture de *Résistance 2050* a été imprimée
sur une carte Rives Sensation tactile Gloss.
L'ouvrage composé en BemboStd,
est imprimé sur papier Alizé Or.

Achevé d'imprimer en France
par CPI Firmin Didot
en février 2023
N° d'impression : 173712